请把我留在
最好的时光里

莫梵稀
/著

上海文化出版社

图书在版编目(CIP)数据

请把我留在最好的时光里 / 莫梵稀著. －上海：上海文化出版社，2012.11

ISBN 978-7-80740-974-8

Ⅰ. ①请… Ⅱ. ①莫… Ⅲ. ①随笔－作品集－中国－当代 Ⅳ. ①I267.1

中国版本图书馆CIP数据核字(2012)第254768号

出版人

王刚

责任编辑

周雯君

装帧设计

黄柠檬

书名

请把我留在最好的时光里

出版、发行

上海文化出版社

地址：上海市绍兴路74号

网址：www.shwenyi.com

印刷

廊坊市兰新雅彩印有限公司

开本

880mm×1230mm　　1/32

印张

8.5

版次

2012年12月第1版　　2013年1月第2次印刷

国际书号

ISBN 978-7-80740-974-8/J.320

定价

36.00元

告读者　本书如有质量问题请联系印刷厂质量科

T：0316-2682233

有一些旅行，它难以言喻。

Some journeys cannot be put into word,

but she said, I'm ok.

目录

Contents

CAVE

在一些走着走着渐渐被忘却的重要日子里，

你学会了莫失莫忘，

边走边爱，自问自答。

——题记

时光旅行者的信

与影子书：或者倾心，或者寡欲

亲爱的 1868：

尽管我们早已不再说话，我却仍有许多心情想跟你分享，你应该迟早会知道的吧。

这是往 F 国 P 城的 206 号候机厅，离登机至少还有 1 小时的时间。今天我穿了件牛仔外套，我知道，就算是平日里你也不会对我的衣着多注意一点点。国际航班总是在夜里出发，越等越冷。

我买了包板栗，机场里的东西都比外面要贵许多倍。我平时是不会舍得花 50 元买一包板栗的，你知道我不是乱花钱的女生。吃板栗会让我想起你。你会剥好几个，拿给我。也许也不会。

机场呢，是个让人十分矛盾和五味翻腾的地方。每每在此，你不晓得它到底代表的是离开还是抵达。而有时候既不是到达也不是离开，你仅仅只是借这儿中转。你在此看到的也有分离的哭泣和相见的喜悦。狼狈的、潇洒的、漂亮的、邋遢的、奇特的、各种肤色的人或事。娼盗忠奸，混杂其里，一切都不动声色，夹杂着你能听懂却不知是哪儿的方言。大家由于都知道自己下一站在何方，因此便凸显出与众不同的严肃与难得的使命感。穿不同航空公司制服穿梭行走的空航人员，拖着小箱子示范着特有的权威，仿佛机场就是从他们肚子里亲生出来的一般，机械的脸夜以继日地为不同的脸解决同样的问题。——我确实说不上是喜欢或者讨厌这个地方。

而旅行呢，它让我们清楚这一年和那一年的区别。这一年有意思些，那一年更难忘些。也让我们清楚地看到这一城和那一地的雷同。雷同的白色单人床、花洒喷头、站台阶梯、路标颜色、可乐味道、路人的神色、褴褛的乞丐、流浪的狗、讨巧的小贩、秋天的落叶、山丘的形状、边检官的不苟言笑，雷同的一日所需。这些雷同让你感到既陌生又安全，你知道怎么控制它们，

你也知道怎么进行下一步。有时候你甚至着迷于寻找这些雷同之间的微细差别。你没见过黑色丝袜里边也是纯黑色的长腿吧，你没见过拥有灿烂笑容的乞讨者吧，你以前从不相信会有能让你待上一整天的露天咖啡馆吧？你后来便像上了瘾般地行走、变换城市。你不担心迷路，不会担心走丢，不会担心碰到烦人恶心的同事和老板。空气变得格外清新了，你不挑食了，走路都健步如飞呢，到了夜里不再上网熬夜数星星，倒头就能睡，腹部莫名的疼痛再也没出现过，心里一件烦事也没有，简直舒坦得要死了。你就把这些好处都归因于行走。

一座城浪漫，一座城高傲，一座城古典，一座城奔放，但就是没有一座城是孤独的，没有一座城是忧郁的，没有一座城是破败的。你便试图将这些微不足道的司空见惯的体验或珍藏于心底或在电邮明信片里告诉你的朋友。

ROLLEIFLEX

哪知道其实所有的一切并非日光之下的什么新鲜事。可是你不管，你不管了。你对那种细微的感动义无反顾、勇往直前。

有时候也会懒惰地想，原地坐着就好了。一起床就能抓到自己最熟悉的那条毛巾。但，生命的奇特、那些不为人熟悉的欢快旋律在哪儿呢？你有想过吗？

坐我旁边的一对情侣一直在看我。我有什么好看的呢？是不是帽子戴歪了，或者我的包掉出来了，还是坐得太猥琐了？算了，很不情愿地，先这样，毕竟很快就要登机了。

M

20×× 年 × 月 × 日

亲爱的1868：

这是在飞往X国S城的长途班机上。2万多英里（1英里约1.6公里）的高空，总共16小时的飞行时间，已经过去了5个多小时。飞过了国境还是无境的夜。拨了手表时差错位的针。液晶屏不时会告诉你此时的位置和即将前往的周边城市和方向。你清楚地知道此行的目的地。此刻周围大多数人已经渐渐安静下来了。总是有混血的宝宝突然地尖叫，来提醒这毕竟不是你家别想沉醉安稳地休息。一年四季，也只有这个时候，Internet是毫无用处的。也好，也好。我已经厌倦了长时间盯着膝盖前上方的那块小屏幕——旧电影频道和循环播放的航空公司广告。于是我打开了电脑，就像铺开一张没有一点皱纹的纸，指腹就是我的笔，也像是要开始编织一件有纹路的毛衣。

每次只有在离开地面、离开自己熟悉的那片空间的时候，才会觉得生命的轻。轻轻地，就飞了起来。轻轻地，就那样地抚摸着与平时不同颜色的夜与日。夜不再是嘈杂的、汽车喇叭不停的、有酒杯碰撞的，或者静谧得令人发指的；白天也不是那种喧嚣的、尘埃四起的、张牙舞爪的、令人眼花缭乱真假难辨的，或者毫无趣味的。白天和黑夜在飞机上都是一样的情况，只有窗外是非凡的。非凡的，非凡的点点灯火，非凡的山丘脉络，非凡的海屿水色，非凡的浓缩忽略，非凡的星光闪耀，非凡的落日红霞，非凡的云层烈焰。非凡的，竟也分不出真假。

美丽和不怎么美丽的空姐换了不同的工装来回穿梭。别致的帽子总是最最吸引我。精致的五官，挺拔的身形，对一切见惯不怪的表情，职业式的复制笑容，我常常对这种“具有高度的美”产生怀疑。这样的美，放低一点，再低一点又怎么样？想起坐过的那些航班里，最让我感觉舒服的就是日航的空姐，她们有些甚至上了年纪，但是总是弯身出现，靠你特别近特别近。阿联酋国际航空则很别致，会给乘坐飞机的每一个小朋友在座位上来一张Polaroid即影照片，镶在漂亮的画框里，让人难忘。

有人在这时候选择看书。我不习惯。我无法专注。我总是要完全躺下来才能融入书里去。我连翻杂志都爱躺着。我座位后面几排有男人的呼噜声。我其实挺害怕别人打呼噜的。爸爸睡觉会打，而且很响。我妈妈特别累了的时候也打。我从来不打。从小，妈妈就说我睡觉的时候是最安静最美的。不乱翻滚，甚至一动不动，睡品特别好。我记得你也是。这让我觉得好难得。

低头敲键盘，发丝偶尔碰到鼻子，香香的，痒痒的。平日里有多少机会能这样碰触体会自己或爱人的发肤味道？这种体验是珍贵的，让人格外有幸福感。你知道，离一个人多近的距离才能够这样。

确切地说，我不喜欢一切的飞行餐，无论是中式的、法式的、英式的、阿拉伯式的、日式的……世界上所有的飞行餐，番茄只是你认得形状的番茄，奶酪只是看起来是奶酪的东西。飞行餐仅仅能填饱高空中没有选择的胃。当吃喝变成单纯的生理需要时，你知道，多么痛苦！话虽如此，可每到派发点心时段我都小心翼翼地配合，从来不在座位前方布套上贴“已休息请放在旁边”的小贴纸。因为我必须知道，旅程走到哪里了。

这漫长的安静时刻我当然会想起你，想起往事，想起那些回头不再的日子。具有高度的回忆。

我还是跟你说一件在飞机上有趣的事吧。有一次坐国际航班，去哪里的忘记了，坐我旁边的是一个中国留学生和她的外国男朋友。男孩子长得像德国人，有点儿小雀斑，白白的，头发有点小卷。中国学生给了他一瓣自带的柚子，也不解释，小鬼佬也不问，他三下五除二连皮吃掉了。我当时就笑死了。现在描述时觉得其实也并没有那么好笑，但当时真的把我乐翻了，莫非人在高空笑点就变低了？

拥挤。飞机上充满了局促的拥挤感。每个人都像拥有属于自己的孤独，而这种孤独又不是被孤立的：小小的空间，陌生人毫无营养的肢体动作你也须静心细赏，旁人的呼吸都要被听见。厕所那仅能容身之地倒是不打折扣的百分百自我空间。我感到难过了就上那儿蹲一会儿。习惯性地先冲水。遇到气流，两手扶住把手。有点儿颠簸地光着屁股的体验，背对镜子，感觉奇妙。是的，我并不是特别担心。

你说呢？在机舱里等待是多么无聊的事情啊，但是你知道，每一秒忍耐都离目的地更近一步，你便变得温文尔雅，知书达理，平静地待在当下。

……

可是，可是时光还是让人感觉难过。想起，身边好多年纪比我小的曾经趾高气扬的女生一个个都黯淡了下来，而我感觉我至今仍能闪耀。我不说话，也没有抖脚的习惯。算命的总说我会大器晚成。呵，不晓得是多大的器，也不晓得要多晚才能成。我对命运持有怀疑。这么多年来它一次一次露出马脚，一次一次旁敲侧击，总是令人心生疑虑。

夜越深越冷，有个老太太从我旁边走过上厕所至少四回了！还有人打了个大大的喷嚏。身上盖了飞机毯，有股纤维的怪味道。我不喜欢，却也难以丢弃。刚离开的彼城现在应该天亮了吧，而我此刻却在进入更幽深莫测的无尽黑夜。屁股和腿都有点酸。想起头顶行李架上有我自己带来的眼罩，我应该把它拿出来。找个我喜欢的空姐要杯果汁，在还有一半电池的 iPod 里听一会儿歌，做个飞翔的梦也挺不错。就睡去吧。

晚安。

M

20×× 年 × 月 × 日

亲爱的1868：

我讨厌指责我的人。

人生就是一场旅行。我从来不会在旅途中指责别人。饭菜贵，我嘲笑自己太穷；路途远，我责怪自己体力不行；天气差，一定是自己没注意预报；搭错车，除了自己的智商低下没别的；遇小偷，肯定是自己在脑残中；写过的字被别的妇女大段大段地抄改，我就嫌弃自己写的字太主流了。人活于世，生来那天开始受苦，所得甜美，皆属意外。人生是空的，但是当然有救。你凭什么去指责别人呢？

我开了一朵花，并试图吐露一缕芬芳。有人就开始指责了：咦，怎么才开一朵啊？干吗要吐芬芳？为什么要吐不吐地扭捏啊？我伸了个懒腰，指责又来了：哟，怎么能伸懒腰呢，这个懒婆娘。我什么也不做了，指责更是铺天盖地了：竟然沉默了！活得不耐烦了，这厮又要玩什么花样了。

错愕了。

真的，每一趟旅途都不容易，真的不容易。一把钥匙启得开一把锁绝不是偶然。一张机票登上一趟航班绝对需要特地去安排。没必要去埋怨那天的流星，指责售票员的偏心。都是讲道理的人，我这样说你到底懂不懂?

这样，有扇门倒塌了，你没必要去先修补好，再配锁重新开门进去。你必须知道，走进一种舒适旅途的方法有很多种。

我有我自己的气场。无情、冷漠、自私、贪婪，是人生路上的花絮或点缀，别跟我说你没有。管好自己，别来责怪我。

我做不到给你写的每个字，都是用钢笔蘸着甘甜清冽的乳汁来书写。

有些旅行，就应该轻描淡写。有一些人生，就应该只字不提。

M

20×× 年 × 月 × 日匆匆

每当变幻时

亲爱的 1868：

我正在香港往广州开回的 KTT 列车上。身上有个瘪瘪的钱夹和厚厚一沓英文 sales memo。腿上象征性地摆了本《壹周刊》。两个小时的时间我该做些什么呢？车厢里并没有太多值得眼睛停留的风景。有个巴勒斯坦样子的人从进来之后就不停地大声打电话，真让人受不了。有人走过，车厢里留下浓重的香水味或奇怪的烟草味，这些个近距离里的陌生味道，实在说不上是好还是不好。想起来，以往车厢里、机舱里，或者不同城市的地铁人流里，多数时候人们都是沉默的。陌生的人们不得已挤在一起，共同的罐头沙丁鱼身份让彼此都有几分不情愿。因此，这中间大多数的眼神都是警惕的、打量的、试探的，甚至是冷漠的。不过也无所谓，因为这才是正常的。

我几乎每天晚上都是 11 点半以后才回住处，我常在楼下的 welcome 和 freshmart 里买一大堆新鲜硕大的水果、午夜新出炉的熟食带回去。我特别喜欢那么深的夜晚还是人潮汹涌的景象，到处灯火通明神采奕奕的样子，感觉美好的点滴随手能碰触。收银员还问我要不要印花，我毫不客气地要了（明知一次半次印花对于我这种偶尔消费的客人来说没用处）。提着一袋子吃的走回房间，让胃和味蕾放纵，开了 HBO，床灯的黄色就像身体的温度一样

M
NE

舒服，大字形躺在洁白的床单上，看外面仍然上演的不夜天，这是一天下来最最惬意的时刻。

来香港的这些天一直阴天，但是很亮，没有阴霾，风很大，街上各种肤色的女子都穿得很好看，一年四季的装扮都有，我真喜欢看她们。我好像有义务来欣赏这些美和使人高兴的事。在这个舒服的季节里，有些人是天生的混搭高手，有些人则天生就有一副好皮囊，怎么穿都有味道。在中环，在太古，在尖沙咀，她们好像刚从《VOGUE》杂志里迈出来，精致的头发散发着有色光泽，身穿春季妖娆的碎花裙，或如餐巾大小的超短裙，露出长长的大腿，但没有脂肪，顺着地铁出口走过来，仪态万方。我有时候会想，这么好看的女人，她怎么要做酒店大堂的公关，她怎么甘心只做名牌专柜的 sales？她怎么竟然只是一名小档口的修甲师？男生们也是五花八门，一些花样美男，拖着瘦瘦的长腿，围着彩色的大围巾，小心翼翼地走细腻的步伐，我总是想笑。好看是好看，但怎么会是我心仪的类型啊？让我倾倒的也许是你那样的不修边幅，随便一件干净白衬衫穿在身上，永远是那条旧旧的浅蓝牛仔裤，话极少但是和我对望的时候极其坚定的样子，才是将我击倒的那一个。对啊，在人群里总会想起你，总会去比较，总是比较完之后觉得你更好。曾经沧海，也许就是这个意思吧。你有对我比较过吗？你有没有觉得在人群中还是我既聪明又性感，既特别又善良？我知道比较是不好的，人和人如此不同，每个人都是这个世界上的唯一，但是比较让人对对方更加坚定和了解。

这次待了很长时间，却没喝一杯许留山，没有尝一口爱尔兰疯薯，没有到海边走一走，没有在维港公园里坐下来发发呆。就像你说的，留下遗憾，只为了下一次。

到东莞站了。结束一趟旅程，就像结束一个甜梦，现实的斑驳光点重新渐进。已经填写好入关申请表。走廊里，路过的人的轮廓都像镶了一道金边。

每当见夕阳，便知时光去。疾驰的车窗外，风景来去变换，唯有你的样子，在我脑海里难以忘记。

Yours, M

20××年×月×日

亲爱的 1868：

人海茫茫，我在远方。

我在这次长途旅行里迷路了。你试过迷路吗？你感到害怕吗？就算一开始你不害怕，但当天色渐暗，行人越来越少，你敢说你没有一丝的害怕吗？你记得小时候玩过的走迷宫游戏吗？你肯定不害怕，因为预先知道那是个游戏，走不出来也不要紧，游戏结束的时候总能回家，总能走出来。所以纵使害怕也只是瞬间的。你有过长时间持续的恐惧吗？

我问得太多了。我也找不到答案。你可以反问我，旅途中你哭泣过吗？旅途中你会突然拿起电话拨下一串号码吗？你有过半夜里在一张白床单的陌生床上仅做一个梦就哭醒好几回吗？

白天太短了，白天在匆忙的早餐后便在长途车上度过了，有一些风景在我的右脸（我总是坐在靠右边的座位）刷刷刷地出现又向后退去，许多许多的路牌标示匆匆地跟你照面后就永别了。我真的想不到它们在黑夜里是怎样的一副模样。而更令人懊恼的是，黑夜，黑夜也太短了。一个梦，有时候梦也不做，黑夜就在另外一个世界中结束了。

我见过指南针，我的 iPhone 里便有。但我感觉它们也是晕头转向不清不楚、左右摇摆，并不是很确定的样子。人生嘛，都总是在试探？机械是一种试探，感性也是一种试探。

那么找路也是一种试探。还好，黑的夜白的天，我每次都在试探中醒来。

迷路的时候又遇上暴雨，无疑给恐惧的心增加了一个更为丰富的剧情。买了一把印满那个城市风景图案和名字的花伞，散开的长发被风吹得遮住了眼，并没有谁看出我迷着路的心事。

人海茫茫，我，我在哪里？

丢失在风里的：M

20×× 年 × 月 × 日

亲爱的1868：

你知道吗？我呢，这次实在有点儿不爽。

在爱琴海没有跳下去游泳，不爽！

在Hydra岛、Poros岛、Aigina岛三个岛上都没有买到任何一件喜欢的东西，不爽！

我在帕特雷往圣托里尼的游轮上，跟一个希腊老头用才学会的蹩脚意大利语连带指手画脚天花乱坠地聊了一小时。他首先问我叫啥名字，我想了想，随口说了句“Rose”，对，我叫肉丝，这名字再适合不过在船上叫。我接着想问他是否叫杰克，可我没有。因为他知道我来自哪儿后便迫不及待地跟我说他去年到了香港到了黑龙江哈尔滨，我说你下回来广州我带你去吃火锅怎么样，他说那太好了他还没去过广州呢。他的名字我实在不会念，卷舌得厉害，中间还突然停下来。我们最后还吹了一下各自的烹调技术，我估计他也是乱说的，因为安坐两个多小时的船，实在是无事可做，他看我也是无所事事的样子。太阳很猛，大部分人在睡觉，有些意大利人、法国人和德国人则在露台上喝酒暴晒，女人露出硕大的乳房男人露着突起的肚腩享受光或阴的鞭打。这些都不是我爱的，我宁愿找个不那么凡事都好奇的人说说话，因为我那部黑色的 iPod 一下子就没电了。最后我花了 140 欧元买了希腊老杰克一个玫瑰金的骷髅头吊坠，我清楚地记得他甚至用了极其标准的英语和手势肯定了我的不凡品位，结果却在回来的路上被我搞丢了……不爽！

关于希腊，我始终有点儿失望。由头到尾，她并没有一针见血地美丽。我最后也没能告诉自己我在这里留下了什么。

最后这件不为人知的扫兴事注定过不了多久就要被我淡忘了。

20×× 年 × 月 × 日

亲爱的 1868：

回来三四天，一直没休息好。奇怪的生物钟，白天犯困夜晚亢奋，连续失眠三夜。行尸走肉般地在公司、家里、公车上飘来飘去。看天不是天，看雨不是雨，浑身都不舒服。

今天好了，连续睡了 12 小时以后，觉得世界好像又是崭新的。

又回到原来的生活轨迹。办公桌上是老样子，杯里的咖啡是走之前喝剩没倒的，奇怪竟然没有长毛或发白。新印好的名片洒得桌上到处都是。花干了。

傍晚6点下班，车还没到家天就全部黑下去了。想起在彼地的夜，彼夜啊，晚上9点半10点还是那么的亮，白夜的白，黑夜的夜，同一时刻竟然会有如此迥异的显现。

开了电脑就会往G盘那个接近40G的新建文件夹反复地看。在彼地拍下的无数相片里，其实每一张都是那么可爱。每一张都散发着奇异的香。那是我亲自去把它们抓回来的啊。昨天某大师跟我讲焦点，讲摄影的眼光。突然觉得很没劲，不是老大讲得不好，是觉得那些右手拇指摁下快门的用力可真可怜。我永远不会把“摄影师”这三个沉重刻薄的字当作自己的梦想和目标，我想做的，只是在漫长的人生里，当时间经过我的时候抓住它，抓住那些完全属于我自己而不是别人的影像。

痛苦或快乐，都是人生最生动幻彩的假象。而有些东西，的确没有办法分享。

那天见到Y，他说我比从前爱笑了。心想，除了笑，镜头前后的笑，开怀的笑，你还愿意选择其他什么吗？

累。生活是累，行走是累，在原地用力也是累。拥抱是累，亲吻也是累，大笑背后竟然还是累。但是如果不累，是不是离停止和死亡就不远了？

有次在瑞士铁力士雪山突然听到一个北京旅行团女孩的手机铃声响起，竟然是塞宁的《轻微》，那一刻，真的想笑着大哭出来啊。原来，快乐与伤悲，到了冰天雪地一片苍茫的时候，竟然会没有界限。

而现在呢？白夜的白以及黑夜的夜，是我脑海里交错不断的颜色。说说话，写写字，照照镜子，睡觉前喷点儿香水和远方触摸暧昧，早饭尽量要吃，上班不要迟到，对奇怪的人事心平气和回赠微笑。把延迟推后的事提上来做。白天呼吸晚上做梦。你说早我说好。

大概就是我要做的了。

我在冰天雪地里的时候，你出汗了没有？

20××年×月×日

亲爱的1868：

从机场到家。实木的地板已铺了一层灰，房间有因空气日久不流通出现的怪味道。信箱塞满广告、报纸、上次旅行给自己寄的明信片，当然还有各种催款单。厕所有盏暗淡的灯，走时匆忙忘记关掉了，竟然一直亮到现在。心虚地赶紧顺手把它灭了，以为时间可以试着倒流。我总是这样，总不能有条不紊万无一失地开始与结束。

人不在的这半月，此处的一切却没有停止运转，报纸白底黑字地书写着这些我不在的日子里发生过的事：过去的未来两天有小雨到暴雨，城中新建的百货商场将在那个周末全场打9折，某某明星出席电影首映时造型异常得雷人。呃……你看，电表的刻度也走远了。冰箱里有15天或更早前的酸奶和樱桃，我记得它们躺卧的姿势和位置，跟走前一样，但此时实在是容颜难辨。

我这扇闭着的门，有多少人来敲击过？推销洗涤剂的、送包裹的、查水表的、送报纸和鲜奶的、晒衣服掉我阳台的楼上邻居、找错门的……那些时候我在彼地夜里垫着高度叵测的枕头深睡，我在海关填写外国公民入关健康申请表，我在郊外加油站便利店吃刚刚烤好的汉堡，我在平稳的巴士上眯眼听歌等着下车上厕所。

对，就是这样，我过我的，他们过他们的。世界一直不停转。你离开，你回来，你真的并不是很重要。

推开窗，是自己再熟悉不过的风景。对面那棵英雄树开花了，车主为抢道发生争执和吵闹，清洁工人幽灵般缓慢移动着身躯，隔壁家用餐汤匙碰到饭碗的声音，楼下偶尔传来我能完全听懂的方言对白。

和煦的风，松软的土，寂静的院落，又是哪只虫旁若无人地爬过？不敢奢求屋门外人来人往的喧嚣，也没有人能轻易吞噬掉我的快乐。

门关好了。那扇令我感到踏实和窒息的门，它的每一颗钉子都撕咬过我逃跑的血肉。而那唯一的钥匙，陪我守护着日复一日浪迹天涯的路。

给桌上的仙人掌浇了水，踢掉鞋袜，大字形躺在我原先那张有点窝下去

的床上，真是舒服得令人发指。

好了，这个时候我才有点儿想笑。纵然旅途风景很好，回到自己的家里才可以毫无顾虑地放松。

你看。一切都走远了。

从早到晚，从春到秋，从东边到西面，从少年到白头，流逝的不是时间，是我们自己啊。

没有 morning call，不用检查行程备忘，无须整理行李箱，摸摸胸口，心脏万岁。我要睡个最长的觉。

祝我好梦。

M

20×× 年 × 月 × 日

亲爱的1868：

我想认真地整理一下这次的旅程，却又停滞了。回想起来，当时的困苦，蓬头垢面、乱发飞离、衣食抱怨、举步维艰，实在算不上什么。

你看，像现在的我，能够平静地躺在和平年代的床上，在人群散去处回忆那些尘土飞扬、辉煌文明的现在模样，已是十二分的弥足珍贵。

因为，我竟已真实地踩踏过那片金色土地。

那些天里，我和一些新认识的朋友，因为同样的好奇与寻找，共同经历别处的喧嚣和变幻，也经历别处的繁盛和衰败，一步一程，一程一城地，从这里到那里，从未知到略懂，从降落到沉浸，从没有到拥抱。

他处的斑斓让我更加用心费力地一步一步往上爬，别人的落拓让我更加珍惜现在的所有。

我不懂的太多太多，这世界给我太多太多。透过瞳孔，真希望内心能更

加安静地看这个无声世界里的安然华美。

天空把自己的光芒伸向你，以便你可以去到天上，犹如安拉的眼睛一样。

在埃及的这一路没怎么舍得花钱，直到最后一天，花了重金，买下 14 幅纸莎草画。一幅一幅，爱不释手。

阿蒙神，孟菲斯，爱与丰饶的女神哈托尔，以及那些还未解开的谜团，也许，我会再来。

M

20××年×月×日

亲爱的shadow：

亲爱的影子，我总能见到你。在白天，在黑夜，在黑白交替的时间长流里。

我这儿中秋刚过，但是别担心，月亮还是完好无损的。我也从来没有要求你把它摘下来送给我。

在秋天还没来到的时候，我遇到一个可爱的人，遇到一些可以一同大声说笑大声哭叫的人。

睡不着的时候你可以把他们叫起来，陪你数天花板上的小绵羊，1—2—3—4—5—6—7—8—9，美妙得不得了。

你还舍得去追究，到底谁才是你夕阳晚照、黄昏共影的人吗？

你是否还记得，你也曾在花样年华，时间恣意流淌的那些小树下，抱了就说对不起对不起我不走我不走。黄绿相间的叶子翻飞了一叶一叶又一叶。那时候，你甚至还试图用手，去把那片掉在那人头发上的叶子抖掉。

此时窗外的玻璃映射着树叶的倒影上下翻飞，刹那间光影扑朔。

我不怕时光流走，我只怕麻木。这是一个可怕的句子。你应该命令我戛然而止。

然而你不知道，戛然而止也是可怕的。

影子，你喜欢秋天吗？你能说出几百种秋天的好处，而一字不提关于它的短暂、萧败、悲凉吗？

如果你能，那么，影子，我是你的秋天，我是你永远的秋天。

我们，在一起。

M

20×× 年 × 月 × 日

有些阴暗面迟早要曝光

亲爱的1868：

多年前我发过誓再不给你写信，现在，你看，无趣的是人而不是誓言本身。所以你要原谅那个誓。你不原谅那个誓就原谅发誓的人吧——我知道你肯定会原谅我。

对啊，又冬天了。今年全国很多地方都遭遇了50年一遇的大雪灾。而南方的夜，昨夜半夜下了雨，直到现在还没停。这样的冷，又湿，做什么事情都提不起劲头来，呼吸和身体，一秒一秒地就渐渐冷漠了，再下去，甚至是会结冰的吧。这些冷漠，当然不是我继续拿起笔书写思念给你的原因。在这个冷得错落有致的冬天里，有人跟我提起你。那人在描述你是怎么怎么样的，你其实是不是这么这么样的啊？哈哈，我自己都不清楚。后来那人说着说着，我居然把你认出来了。你也许，不再是我一个人的秘密了。

前天看吉本芭娜娜的《不伦与南美》，她说，不去恋爱，反而更难。她说的只是恋爱，别的呢？就算是吧，那前尘也是不能再改变的了。而我，是一个容易自卑并且欠缺洒脱的人，一旦要到PK那个环节就无可救药地认输吧。

这封信只开了个头，没写完的，但是我不想继续下去了。顺便说件今天遇到的好笑的事情给你听吧，我在等人的时候看到一个40多岁的妇女追公车，那速度快得就像一头成年澳洲袋鼠，或者是刘翔的队友，总之我从没在现实生活中看见过跑得那么快的人。看得我一愣一愣的眼珠子都瞪出来了。

跟C妞在许留山喝芒果奶昔，那个精美的促销画上印着“一杯10元，两杯18元，三杯30元，四杯35元”。我在寒风中踯躅凝视良久，始终没想出这个买三杯和只买一杯之间有什么不同，这种促销的思维方式是我永远想不通的。反正不太难喝，关键是C妞请我的。

今晚还有几件可乐的事情，其中一件事是小王子说他是“摩丝”，就是M.O.K的粉丝的意思。尽管知道是骗人的，但是第一次听到这个叫法，真是可乐死了。比“稀饭”、“磨粉”、“墨汁”高档多了。

好了，这信最好在半路被哪个帅气的邮递员给弄丢了。

Easy come, hard to leave. 送给你听。

默默地，莫

20××年×月×日00:49

为所当为不问它

亲爱的1868：

我又得肠胃炎了。

“你吃什么？”

“啊，我随便。”

结果真的是随便。

太随便了。

我的肚子肯定是一个魔术师，或者有猪八戒爬了进去。它把方形的饼干，用紫菜卷好的上面有晶莹剔透的鱼子的好看寿司，还有玉米胡萝卜骨头汤、番茄牛肉、锥形的明治板栗雪糕，以及乐天72%的巧克力，这一切尘世间需要依靠一定的缘分才能走到一块的好东西，变成浅黄色的带些气泡的稀稀的液体。

我坐得脚都麻了，最后站起来，盖上马桶盖，把这些之前曾经带着美好愉悦的心情吃下去的佳肴冲走，水流很大，很急，就像冲走了一段尘封往事。

我想吐，冷，发抖。我发呆，上床。我印堂发黑人中发亮。我好了伤疤忘了痛。我把还没看完的电影快进了又快进。我站起来，又坐下去。

存心做一个刚烈女子，玫瑰都开了你还想怎样呢？这一切，谁又能说它不是缘分。

我是说，夏天终于来到了，我的头发还是你上次所见的那种颜色。我在某个晚上，小心翼翼地把腋下的毛用眉钳一根一根拔掉，女孩子的腋毛对于夏天来说非常悲剧，尽管我没有狐臭。我再把脚趾甲刷上一层黑色，上面闪烁着银光。这样，在穿凉鞋和拖鞋的时候，它们也能感受到夏季所带来的热风和厉害，做这些，只是希望它们比我本人更酷更拉风。我拉开衣柜，把那些短裤背心释放。

有一天在书店，在“青春小说”那个分类栏里，我看到有本书的封皮上写着：“最美好的感情，是那种还没来得及发生的。”

大概是和夜幕一起走了神，书的名字我没记住，这句话我却记下了。

哎，我本来要跟你说什么呢？我也忘记了。

知道吗？我十分怀念中学校园里收发室等信的时光。这也是我有事没事依然坚持给你不间断写信的原因：收信的人是幸福的。我甚至仿佛看到你收信阅读的模样——预祝风与你的目光无数次凛冽地翻动它们。

20×× 年 × 月 × 日

无题，有因

亲爱的1868：

起先我是近视的。我有着一双近视的眼，虽常有着一箭穿心的功能，但它近视而又没有远见。

这就意味着，我只能看到眼前的蝇头小利，见不得远处的刀光剑影。

后来为了不至于自寻短见，我在偶尔关键的时候也给自己戴上眼镜。

开车，把交通规则熟记于心；看电影，生怕漏看主人公一秒关键的眼神；约会，为了把对方和自己看得更清楚。

我是说，我其实希望生活是简单正面的。

人生本应甜美。一杯没有名字的热咖啡，朋友间几句玩笑话，发芽的小树苗，没有异味的内裤，蓝天白云分明的画面，排列得井然有序的百货……

这些，足以构成一天生活干净明朗的元素。

也许，我们的生活其实不需要太多感动。花败了叶要谢，夜凉了人会倦。这样的句子我能打出很多很多，但我其实真不想感动谁，也不需要被感动。我需要学习爱，学习爱自己，爱身边的亲人，爱迎面向我微笑的陌生人。也要学习去爱，把我当作敌人的陌路人。

三人对话里，T君突然问，你是江湖吗？T君不可能自问。

哑然10秒。江湖！我这副弱小身躯，怎么可能就卷入了这江湖？

望着镜子里的自己，一遍一遍地，那双眼睛既不笑亦不怠，我多么希望它们一直澄明剔透，黑白分明，纵使在这永夜里。

我们曾说，幸好，还有好的音乐，还有好的咖啡，还有好的你。

将一直陪伴。

无题，但有因。

须知，草木自在，我本荒芜。

这世上再不会有比我更懂你的人。

20××年×月×日

亲爱的影子：

时光来到了 2008 年的最后一个月。2008，曾经多么遥远，然已将成为过去。

我爸爸老了，头发灰白，每天睡前，要抓一大把的安眠药和降血压药方才睡去；我妈妈老了，丢三落四语无伦次，让我非常不放心。我也老了，虽然感觉自己没有变化，但是我的年龄在叠加，我的新同事的年纪不断地越来越小。

衰老不是一天一点的持续进程，而是断断续续得令你猝不及防。有时你在某个阶段停留了很久，久到你以为自己被岁月遗忘了，然后转瞬间，你就老了 10 岁。

影子，我最近在看一本书，书中有一段纯粹而诚实的爱情，这爱情不是我平常挂在嘴上的“爱禽”。为什么纯粹诚实只在铅字的杜撰记录里？到后来，书里的男人死了，不是意外，是那种正常的、年纪大了的老死，他们的爱情便永远永远地结束了。看得我鼻子酸酸的，眼泪就掉下来了。影子，你说是我先死呢还是你先死？为什么总要把怀念和回忆独独留给另外一个人？不过这不是一本叫人难过的书，死去的男人曾对女主人公说，知道你在这个世界的某个地方生活着，知道你有时也会想起我，我便有了继续生活的勇气。谢谢你，教会我爱与被爱。

当读到这样的信，你说你还舍得有别的遗憾吗？情感不是偶发的事件，落叶却是树的奉献。

影子，我告诉你我最讨厌的两种男人吧，一种是留了指甲的。长甲男绝对比长发男令人讨厌！任何长度，任何肤色，任何国籍，任何长相，任何人品，我真是受不了留着长指甲的家伙，油头粉面的同时蓄着长指甲，这比他的人品道德有问题还更叫人觉得有问题。还有一种男人，就是那种，当你拒绝他以后就会翻脸的人，之后他对你说的每句话都是带了讽刺的，与之前判若两人。这种人，真酸啊。可真是讨厌。

哀其不幸，怒其不争。

影子，我翻看一些旧照片的时候突然想，等到风景都看透，爱和恨都会叫人最终生厌吗？

影子，有人说你就是 1868，你就是吗？你说，我给 1868 写的信是不是统统被你中途劫去了？有人说我的影子根本不存在。我笑了，只有我能看见你呢，你存在于我每个早晨拉开窗帘的瞬间里，你存在于我追赶公车的烈日下，你存在于无声黄昏的日落里。你真的是无处不在呀。可是影子，我发现我在床上的时候很难找到你。我会怪你吗？

影子，还有人说我是 YY（意淫）狂，我没有反驳，就算是染上了 YY 这种顽疾也罢了，你不会嫌弃我的。

因为，你是那个世界里的，唯一。

你的，年华依旧的，M.O.K

20×× 年 × 月 × 日

亲爱的1868：

许多年前听比自己年长的人说，青春是一场梦，我还不信，虽然没有到嗤之以鼻的地步，但想着我只20出头，还有数不完的日与夜可以纵情挥霍。直到我走在路上，一年接一年地走在不同的土地上，回头看的时候才发现，真的是，青春就是一场绽放绽放着就醒过来的梦。回头的时候才发现自己走了那么多路。

2003年用了两个月走中国新疆，2004年日本，2006年中国西藏、日本，2007年英国、日本，2008年法国、瑞士，2009年意大利、希腊，2010年日本、土耳其、埃及、捷克、匈牙利、俄罗斯，2011年美国、墨西哥、英国。

真希望这个梦晚一点再晚一点醒。只有在别处路途上的时候，我才会觉得自己是健康向上的，一日三餐按时吃，喝很多的水，补充许多维生素；早上天刚亮就起床，晚上不熬夜；穿平底鞋走路，到野外呼吸有泥土香气的空气；很少看手机，甚至可以三四天不充电，它还是会在半夜里发来各种促销或者诈骗的短信，多数时候手机响，我看都懒得看一眼——我原来在的世界，跟我没有关系了。你知道平日里在家，我是怎样的潦倒。一天两餐，有时候四五餐，有时候一天一餐，从来没有在深夜 2 点前入睡过，从没在上午 11 点前起来过。皮肤菜色和朋友吃饭就点辣的、烧烤，或者冰冻的。在家里的日子，都没有用过梳子，蓬头垢面的，也不爱化妆，终日在电脑前、手机旁享受高频的辐射。相比之下，你更喜欢哪个时候的我呢？

也只有在这样陌生的环境里，我对这世界还有好奇，还有探索，还有一些微弱的感动。看见街头拥抱亲吻的情侣，我就觉得很有趣很感动，很想停

留下来和他们一起细数那刻分秒。我，或者我们，曾几何时，是否也有这样的深情，在热闹的街头，旁若无人、情不自禁？这也许是很平凡的事，但此刻我真的很想在画面里置换自己的身影——我从来，从来，从来没有这样的体验。

而情况则是，我清心寡欲，看见胸大屁股翘的妞以及手指纤长高瘦的帅哥也没想法，干燥乏味。我只希望我能更冷静。带着许多繁复的情绪出行，实在是有点儿扫兴。你知道，这里有多美，我应该用更多的笔墨，来跟你叙述我在这里见到的美丽，或者用镜头记录这里的动人对不对？我竟然不想。我觉得那都还不能够、不能够充分表达。

就像我先前说的，我只是每时每刻都在想，把你捎在我身上。在我吃那些鲜嫩多汁的蓝莓时，在我踏入深山森林时，在我听到苏格兰的风笛时，在我淋到倾斜的细雨时。

来之前，朋友帮我准备了胶片机和34卷胶片，我一卷也没拍。3部相机，对于一个姑娘来说，实在是太重了。我随身还得带鞋、帽子、雨伞和外套（这里的天气变化很快，一天里有四季更替，一会儿就下雨了），还要防盗，我怎么能背那么多的相机？这时候我就想起谁来了，你懂的。所以，再美好的风景，也会留下遗憾和慨叹。

我在伦敦的市政厅楼梯下坐着写明信片。这次我只寄 10 张。英国的邮费大概是全世界最贵的了，10 张就花了我 21 英镑，平均一张要 21 元人民币。英国的邮票跟以前所有我寄过其他国家的都不同，很有趣的，它们像我小时候买的贴纸，有一张滑滑的纸贴着，撕下来直接就可以贴了，不需要口水或糨糊，而且在任何便利店里都能买到。可是有一点不好，今天是周日，所有的邮局都不营业。还有些大型的品牌店也放假，真不可思议。所以，我只好跑到街上的邮筒处。但这种玩意我不大放心，因为谁都可以往里边塞垃圾。万一……不过我还是把它扔进去了。我希望你能收到。

我拍了一些照片，但更多的是到此一游。我把我自己，走在这些中世纪或更早的古巷石子路、伦敦塔、大本钟人群里、剑桥、牛津、约克、烟雨中的曼彻斯特，等等，这一切，我都用了很多办法，把自己行走着的样子记录

进去。我想，我可以像那时候走在你身边一样地，出现在这些地方。照相对我来说，也许又有别的一些意义了。我也拍了许多有趣的人。世界很大又很小，那些安排得好的相遇的面孔对我来说真是恩赐。我没有更多的私心杂念，我对繁华没有更多的欲望。我只想宁静地享受这刻，就像此时的窗外，有警车驶过的声音，有小孩打闹的嬉戏声，也有纯正的伦敦腔——你知道，完美也好，破碎也好。

走过越多的路，看过越多的风景，遇过越多的人，越发疑惑：世界之大，为何我们会相遇？

还有些什么，毕竟需要面对面地阐述，才能解析亲见了的震撼。心无杂念，但却又无法专注。因为，我在想你。

你的，M

20× × 年 × 月 × 日

SHARED
EARTH
A Fair Trading Company

亲爱的妈妈：

想想，这么些年，在我最痛苦、最难受的时候，最想要的，就是你在身边。

今天是你生日。我没有在家里和你一起过。我在一个会下雪的城市，这里的人都喜欢穿长长的衣衫。我该怎么跟你形容此刻这里的夜？有一些雾气，但空气一点也不浑浊。白天，我的窗口对着的林子里会蹿出松鼠和鸟儿，我喜欢这儿，虽然喜欢，但还是会有一点儿落寞，你知道的，我离家独自在外太早，太久。到哪儿，我心里从来都系着你和爸爸。

在外面看到许多精彩画面，无法带回家。雀跃时，真心感到幸福时，最想要的，也仍然是“有机会，我一定要把妈妈爸爸也带来”。

许多的话难以向你启齿，生活的烦琐拖沓，有时候混乱得让我几乎认不出自己的样子，却还在内心清晰地记得你的模样。我常常会把我们的合照翻给周围的朋友看，他们都说我笑起来跟你太像。哪知，我再怎么美好，也不及你年轻时候的精致清纯，爸爸也这么说。我倒是希望我能像你一般坚强，你在我面前从来没有因为畏惧什么而慌张过。

发丝白了，皱纹满面，手上有老人斑，记性不好，语无伦次，让人讨厌。这些，也许就是我的未来。

去年此时，我给你拍照，你也给我拍。你已不太举得起我那重型的相机，眼睛老花也总对不好焦，但我自觉最好的照片，都是你给我拍的。我呢，只有在自己的妈妈面前，才有许多的自信和耐心。

今晚我特别想跟你一起睡，像小时候一样，摸你的耳垂和光洁的皮肤。

妈，我爱你。

RALEIGH

在武汉

亲爱的 1868：

春天刚到，我离开花城来到江城武汉，这是一个陌生而又有着特殊味道的城市。我开始了一次比以往任何时候都要漫长的旅程。

这个城市有长江、雪、樱花、满大街的美女、各种便宜的小吃，也有历史和故事，是个让人无限憧憬的地方，然而来到后，我才发现一个真实的武汉。这里没有地铁，交通很糟糕，街上都是灰色的尘土，很少看到蓝天白云和太阳，绿色的植被很少，更别提花丛了。气候也很不好，武汉的四季基本上像音乐播放器里的“随机播放”功能一样，今天还穿羽绒，明儿就一秒钟变夏天——要么热死，要么冷死，要么被风吹死。到了8月，最炎热时躺在凉席上，感觉自己就像是铁板牛柳。我曾看过一则当地新闻，图片是一个武大的非洲黑人留学生打着一把伞，表情痛苦状行走在校园里，称“武汉的夏天太热了，我要回非洲避暑去”。据说，每个在武汉上学的孩子，上辈子都是折翼的天

使：夏天桑拿，冬天冰箱，晴天火焰山，雨天水帘洞，4年后都炼成孙悟空，到哪都死不了。

这些还不要紧，关键是，这里的人和我过去生活的那个城市的人，有太多的不同。

先说方言，我大概都还能猜懂，不太悦耳，但也不能算讨厌，久而久之，我也能总结出一些规律。比如他们喜欢用“蛮”表示很，“蛮多人买的”，“蛮好瞧的”，都把普通话的第四声念成第二声，“袜子”念成“娃子”……他们喜欢高声说话，这让大街上的美女一开口便让我丧失仰慕幻想之心，这时，我觉得整个情况随之就会粗糙起来。

方言、美女和食物，都是一个人了解一座陌生城市的必要元素。这些日子以来，在午夜的一些又脏又臭，但是人声鼎沸的小巷子的街边摊，我时常

看见身材曼妙、皮肤白嫩的武汉姑娘们，她们操极其威武的武汉话，坐在烟熏火燎的人群中，大口喝酒吃肉。就算是平日里的普通对白，她们也会用尽毕生的高昂语调来表达，这对于漂亮姑娘来说，实在是不够雅致。但正是这些场景，让我领略到这个城市特有的市井文化。我现在总结出：真正好吃的地方，都是又脏、又窄、又臭、又吵、又多漂亮妞儿、又要等位的。这儿的姑娘长得都很高挑，皮肤好，五官虽无特定的地域特征，但都很大气和精致。在夜宵摊档的烟火熏绕下，她们也很少油光满面。不管什么年纪的女性，脸上都没什么瑕疵斑点，也很少见到胖子。后来听说，这是她们都特别能吃辣的缘故，吃辣容易出汗，排毒快，所以皮肤代谢好，身材也就好。难怪湖南、重庆、成都姑娘也都那样。但我一吃辣就长痘痘。

还有啊，这里美女多，但是我很少看见长得好看的男人。这很奇怪。

我本来是想先跟你说说这个城市的妙处，结果说着说着就跑题了，可见这个城市给我留下太多的信息量。本来也确实是这样的：武汉，不是一个可以一两句话就能概括的城市，这是一个需要细细品尝的城市。它的妙处，也许并不是一两件的华丽景致；它的讨厌，也并非是让你忍受着忍受着就被逼疯的某次不愉快经历。它确确实实需要我停驻下来，仔细观察，慢慢体验。

我来说说它和我以前住的城市的不同吧。

我住在汉口市区中心繁华地段，但白天走在街上时常会踩到狗屎——这和住在巴黎也很像。武汉人和法国人一样爱养宠物，同样懒于处理自家狗狗在公共场合的粪便，或者，他们根本不觉得自己有清洁自家宠物粪便的责任和必要。我在美国、加拿大还有日本住的时候，发现那些城市的人也很爱养狗，但主人带它们到户外活动时，都会自觉清理狗的粪便，随身带个胶袋装好再用报纸包起，扔进垃圾桶。这些都是我亲眼所见。武汉人的这种性格是有原因的，他们觉得公共场所的事跟自己关系不大。这样的行为随处可见。在医院、在超市、在公交站、在银行、在打车点，很少看到有自觉排队的。路上开车也是，让人非常头疼，不让人就不说了，车与车之间也丝毫没有让先的意思，只要一有机会他们便插队抢先，抢不到就下来吵架，吵起来还头头是道，一句一句根本让人插不上话。他们几乎对一切都没有耐性。我曾在一个繁华路口打车，等了 5 辆出租都没乘上，因为每次车还没在我面前停稳，后面便有不知从哪儿突然冒出来的大妈、大姐、大叔、大伯，一屁股坐到副驾座上。对，他们简直就是从天而降的，我在等的时候旁边明明没什么人啊。因此，我总为自己长得不够虎背熊腰和太爱面子懊恼，有些时候也想撕破脸上前跟对方理论一番，甚至把人家拉下来又或我也坐上去不走了，可转念想，唉，算了，这是别人的城市。你看，我绝不是那种吞声忍气的姑娘啊，但我学会了避让。这也算是我在这儿的收获吧。

我还时常看到尘烟翻腾的大马路上，一手端一次性纸碗一手抓筷子，边过马路边吃东西的壮举！有大叔壮男，也有妙龄女郎，各种边走边吃！几乎都是有汤水的面。不光早餐（武汉人叫“过早”），中午晚上，任何时候，路上都能见到这样的人。这比以前我看到出租车司机因为没时间换班，停下来蹲在路边吃午饭的景象，还要壮观、还要牛。我觉得，至少是从事科研项目的科学家，或者日理万机的国家主席，才至于如此争分夺秒的。有天早晨，我打了一辆出租车前往高铁站，司机是个20出头的小伙子，上车的时候我就看见他手里端着一大碗热干面，我说你先吃完吧他说没事，赶火车得准时，便一手架在方向盘上吃面，一手摁住方向盘驾驶。不知道他

是特地在我面前耍帅还是怎么的，小伙子几次放掉方向盘，刷刷刷地往嘴里扒几口，还时不时踩脚刹，这把我吓得一身汗。我说大哥你把车停一下，我等你吃完，我不赶时间行不行……小伙子倒也实在，有点不好意思地把车开到一个垃圾桶旁，把面扔了，回到车上。

还有呢，不管白天还是夜晚，大街上总能看到穿睡衣、趿着拖鞋或皮鞋出来行走的人，这好像也没什么，但我不止一次看到他们身穿一整套的睡衣出来挤公交！我在我家楼下看见过好几次，一个身着全套睡衣和毛拖鞋，但眼皮画了湖蓝色眼影的姑娘，在街边招手打车，我真心好奇这是要去干什么呢？是回家还是从家里出来？还是像台湾的“Hold住姐”一样去参加睡衣主题Party？

武汉还是个别有情趣的城市。在台北路、香港路、澳门路、南京路（对，你没看错，这些名字全是武汉的街道名，多洋气啊！）上的巷子里时常会有耐人寻味的小咖啡馆。这些咖啡馆往往不大，但里边暖烘烘

的，特别舒服，咖啡也不贵，实在是个发呆的好去处。

除此之外，武汉人喜欢在自家车屁股后面，贴各种有趣或自认为酷毙型爆的短句胶贴，什么“别追哥，嫂子会揍你”，“我开的不是车，是寂寞”之类。你可以说好无聊，也可以说诙谐，这是武汉人热爱生活拒绝乏味的一种体现吧，别的城市有很多这样的吗？我没发觉，至少在广东并不多看到。

还有，虽然我并不喜欢大马路上、电线杆上晒棉被内衣裤这样的画面，但不知为什么，我竟然觉得特别有生活的味道，好像人们活着就是为了简简单单的一日三餐，一衣一宿，不争不抢，很认真仔细好好过的样子——那样的生活一定不费力。我后来特别喜欢这里小巷子里的老房子。台阶墙壁长满了青苔，空气中是仍在燃烧的蜂窝煤一氧化碳的味道，木头的门开了又关关了又开，黑色的密密麻麻的电线错综复杂纠缠在头顶，有阳台的地方可以看到盆栽和腊肉腌鱼，看似破败的门窗随时探出个穿花色衣裳的脑袋……虽然这些，也许都不是MADE IN WUHAN。

我为什么跟你说这些看起来没多大意思的无聊东西？毕竟生活就是这些鸡毛蒜皮。对的，在这里，我没有每天伴着鸟儿的叫声起床，没有呼吸到新鲜的空气，没有给这个城市增添一块砖瓦。就算我见到你了或者在电话里，我跟你讲述的，也都是这些。你爱听吗？原地的生活令你厌倦吗？你有没有为我的细小收获高兴呢？

Yours,M

20×× 年 × 月 × 日

Double Espresso

亲爱的1868：

今天，我要对你说的是我的愉快。

在经过一段方言、交通、气候、饮食、生活习惯和没有朋友的不适应期后，我在这个城市开始有满心欢喜的发现。

很快，我在武汉有了一个非常要好的朋友。一个地道的、聪明的、心地善良的、志趣基本相投的、够哥们的，并且能迅速懂你的武汉姑娘——胖发糕。

发糕是我刚到武汉时，在新浪微博上买过我的旅行摄影明信片的粉丝。她不胖，一点也不像她的名字。她有并不算是很有武汉姑娘特点的那种长相，但是性格几乎是地道的爷们。话不多，但是一切都恰到好处。发糕的最大特点，就是灵！我在武汉碰到的所有困难，她几乎都能迅速、及时、彻底地帮我解决。首先，她是我的人肉导航，任何武汉及周边我想抵达，却茫然不知从何下脚的地方，她都能像一台GPS一样告诉我，或者直接开车带我抵达。有时中间会兜一些她也不曾走过的弯路，有时车里的歌一首还没听完，她就已把我送达目的地。因此，无论我是拍照吃饭还是逛街，总愿带着她。只要跟着她，我在异乡便不会迷路。我们总在深夜心血来潮地跑出来吃夜宵，她总能毫不重复地带我到一个个地道的、沸腾的吃东西的地方。

初抵武汉，我就萌生了拍摄10个武汉女性的摄影计划。在发糕的帮助下，我开始了第一个武汉女孩儿的拍摄。她把她的同学带来给我拍，我们就那样第一次见面了。现在回想起来，第一次见，到后来无数次地在一起玩耍，她给我留下的感觉都是一样的——淡淡的，却很有力。我真不知道怎么形容这

种感觉。后来为了找拍摄的地点，发糕带着我几乎跑遍武汉大街小巷每一家小小的咖啡店。我几乎不懂怎么喝咖啡，每次都点一大杯柚子蜂蜜茶，她则必点一小杯 Espresso（意大利浓咖啡），双份的。我们有时在小咖啡馆拍照，我给姑娘拍照，她做我的助理；有时她帮我修电脑（工科出身的她，几乎能徒手把我出现故障的所有电器修理好），更多时候，是我俩尝试各种机械相机的新拍法。

我对她总喝 Double Espresso 也不是没有过疑问，她从未正式回答我，却又透露，喝完那玩意回家整个人会发抖。会手抖也依然只喝它。有一回，我喝了一口她的 Espresso，那味道是苦涩的，我说不上是好还是不好，因为有时候苦涩的东西有无穷的好，比如苦瓜和苦丁茶。

后来我才知道，Espresso 在意大利语里有 on the spur of the moment 与“for you”（立即为您现煮）的意思，这样一来，我就完全明白了：发糕姑娘正像一杯浓烈的 Double Espresso，她在你需要的时候，随时 for you。

后来，我把我最要好的朋友都介绍给她，我们还一起去香港短途小旅行。

发糕用所有行动告诉我：生活要像 Espresso 般强烈且有劲。如果说这

个对我来说几乎有点儿乏味的城市有哪些是我最不愿意 ending 的，那便是和她一起品尝每一家 Double Espresso 味道的时光。

我真的要感谢 Double Espresso 和这个城市带给我的回忆。

在风中的人与时

有一些旅行，它难以言喻

你说你亲眼见到了那种你深爱的土耳其绿的墙壁，亲口品尝了岸边刚出炉的吞拿鱼比萨。

你看到的那不勒斯的街头有点脏，行人的神色缓慢且凝重，仿佛置身欧美街头肮脏交易的片断。

你还说你爱，你爱死，你爱死了这种时间空间视觉听觉味觉等所有感觉的错位。

然后停了下，你说，有一些旅行，它难以言喻。

——M.O.K《稀游记》

托斯卡纳艳阳下，塞纳河的叹息，翡冷翠的一夜，优诗美地的邂逅……把旅行全部的秘密交给镜头。

也许只是走一走，也许只是看一看，也许只是把辛苦攒下的一笔钱在几日间迅速挥霍。

也许只是为了遇见陌生人同样悉心的打量，也许只是恰好发现自己颇为习惯另一座城市流动的韵律。

也许还是会想家。

也许，什么都不干。

彼处的托斯卡纳，天暗得极晚，八九点的时候，太阳才微微有一点下落的意思。但却走得极其迅速，丝毫不念白天的旧情。

我喜欢这种恶狠狠。

白天恶狠狠地照，把血照淡，把脸照黑，把水照干。

该走的时候恶狠狠地疾退，令欲望撤退，令体温下降，令脉搏缓慢。

关于希腊，夏宇说得极是。

希腊很无聊，到处都是观光客，

但是我的黑色角斗罗马鞋配上橙红的指甲受到了重视。

当每天早上起床觉得，

旧有的躯壳再不足以装载，

新的灵魂的需要。

草拟了秋天的徒步计划（目的不明但将在每一个十字路口右转），

写好一首诗的标题，

买了明信片。

伸出舌头，

粘了自己的口水，

在那些寄往心中念想的邮票的反面。

于是我也早起。早起总让我看起来更奇怪。我顶着从不梳理的邋遢长卷发，在刚开门的超市里买才宰好的猪肉。知性美和新鲜猪肉的搭配，听起来的确不缺营养。

可我深爱他们摆许多又大又红的番茄，鲜嫩欲滴的萝卜竟然在搞特价，小菜心儿的价钱便宜到令人发指……在罗马、在第戎、在东京、在琉森，甚至在神出鬼没的雅典，我都在当地的菜市场留下了许多照片。我有时候和那里不认识的人，只是因为同时挑中了同一个部位的新鲜牛肉就打成一片，然后无所事事地扯一些食疗菜谱、货比三家的心得，或者班门弄斧地说说大盘的走势也是没问题的。

菜市是我最爱逛的地方之一了，我爱所有城市的那种欣欣向荣的味道。

在最后的庞贝古城。人类能创造奇迹，也能毁灭奇迹。

我喜欢这个脏乱的南部城市。

到处是柠檬黄、苹果绿。

最后的庞贝古城。长得跟柚子一般大的畸形柠檬。

全世界的美食家都公认那波利的比萨饼最正宗。

黑人摆地摊，假货和烈日一样的毒恶。

路上很少有人笑，大家伙儿都是一脸心事重重的样子。

南部口音显得对话更具不可模仿性。

靠海的街道，沙丁鱼的腥味是提取过的香精。

球星广告牌杂乱地斜插在街道两旁，色彩却很有饱满的风情。

店里的人似乎比米兰罗马更热情。

有些老帅哥笑起来迷淫的嘴角，甚至就像某部电影里的男主角。

伤口结了疤，血块发硬，摁上去像牛肉干，有点儿好笑。

新伤旧恨，撕心的，裂肺的，日出日落都差不多，过后总叫人发笑。

我真是太狠心，阳台上那只还没巴掌大的巴西龟空腹至少 20 天了。

因为阳台的钥匙被我搞丢了。打电话问妈妈，她说在电视机上，可我怎么找也找不着。

下载了 Tanya 的新专辑，初听只喜欢一首——《谁》。

她说现在的她，还是对爱充满疑惑，她说没对或错还不想给什么承诺。

她说她相信他是爱她的。

调子的过分铿锵，让我不自觉地就双手交叉，在胸前抱了起来。

每一首情歌都漏洞百出，又被无理地循环重唱。

凡事都要保持不咸不淡的拿捏尺度，或者干脆淡淡的，对一切都淡淡的。

不去争抢，不去理论。工作中早如预料中到来的那几个 bird men or women，迟早是要被时间宣判罪行的。

提前把微笑的姿势摆好，就不会在别人暗中飞来的箭下踉跄倒地。

我想在你们的江湖里，又怎能安顿得好我这株河岸边簌簌疯长的生命？

冰箱里放着 16 天前的苹果。房间住着未涂防腐剂的我。

回想晚餐那棵白菜枯萎的过程，托斯卡纳带回的木质棋子撒了一地。

在陌生的城市里，买一张价格昂贵的明信片，用自己不熟悉的格式表达，寄往熟悉的那个人手里。“All these PCs to China.”

我捏过那张卡，我在它身上用力写过痕迹，我的喘息叮嘱它传递。不知道谁会最先收到。

天蓝得异常，内心的冷漠迟早要得到谴责。

尽管早知道这是世界上最小的国家，它还是比我想象中的要小许多许多，但是仍被震撼到了。

没有信仰是可怕的，这比没有来世更可怕。

SOĞUTMACILAR ÇARŞISI
YAYA ALT GEÇİDİ
WC
AKBİL BAYİ

意外邂逅

焦点总有幸落于人群之内
沸点又难免滚腾火炉之外

余光并不会最先落在
那些高高悬挂的画框上
就像日子并不最先烙在
那些墓碑的裂缝间

只身路过某一段历史
沉沦于别人的遗物与往事
中世纪的酒窝，辅以褪色的手势

还在用拇指与食指仔细翻书
于爱与永恒质问处折角
若探索必忍放慢的脚步

我混进人群
佯装一场意外的邂逅
头发却比拥抱亲吻更快奔向了苍苍

黑夜来临前
围观者纷纷鸟兽散状

哭饭曾说我在布拉格的照片像裹了奶油。

听林默的 Elope 的时候，我正好在给杂志整理图片，发现匈牙利一个从没看过的文件夹，看到整月整月阴郁的彼地，雨滴的味道仿佛停留在中世纪，行人的眼色都是一个样子的。我想，这就是为什么它们看起来像裹了层奶油，黏黏的，但有吸引我的味道。

我们到底为何躲避？躲避人群，躲避暴雨，还是躲避自己？

埃及行：旷野旅程

早就听闻埃及人民的热情与好客。这次亲历了，尽管只是短短几天。他们每个人都很热情，但热情背后似乎又有着陷阱。比方说赞你说你是他见过的最美貌的中国女子，然后跟着就请你去他店里消费，或者说要小费（这里连国家机场的厕所都有人收小费，一美元一次）。

也许是单身前往以及东方面孔的缘故，在飞机上就有埃及男子开始搭讪，一个在广州做服装生意的埃及兄弟，用并不太流利的英文，从埃及天气聊到几千年的历史，再从两国政要聊至经济状况，埃及兄弟最后简明扼要地问到How old are you？以及What’s your name，cell phone no. 这类极其私人的敏感话题。埃及兄弟临别还特别叮咛：Call me when you come to

Egypt，Promise me!

我们的导游，一个 25 岁的埃及小伙，非常正直、老实、负责和爱国，他叫阿龙。阿龙是个中尉，在开罗大学念中文，他总是说“我们埃及很喜欢你们中国！很讨厌罗马”。阿龙在埃及国家博物馆讲解的时候，把我给雷倒了。本来两小时的讲解，在他的认真负责下，硬生生地给讲了 4 个半小时，讲完一个典故，又用中文重复问我们“明白没，这个东西很重要的”，“太伟大太厉害”，“这个还需要回去巩固一下”。讲到这个世界上最大的博物馆准备关门，我们才出来。最后两小时，我已经体力不支，见到凳子就坐着不动。完全被他打败了。我在金字塔下拍下了他，十足的埃及特产！

没事的时候，我就在街上随便走走。在亚历山大市，地中海岸边，许多

人在悠闲地享受阳光浴，情侣，小孩，老头儿。一个老头看见我举着相机，便用手比划英语说，你拍我？拍我要 100 dollars！你拍啊，你拍！我当然知道这是在跟我开玩笑，故意跑到他的最跟前，突然蹲下身子举起相机，对他一个咔嚓，给他来了个大特写！然后迅速溜掉，听到他在后面哈哈哈大笑。

在开罗郊外，我看到埃及人民过着平凡而又有滋有味的生活：骑驴赤着脚悠闲溜达的老者，以及身后热情洋溢的抢镜少年；牵着四个不同身高的孩子，欢笑地走在乡间小路上年轻的阿拉伯母亲；老式宝马车上，那对老得牙齿都掉光了但是淡定自若的夫妇；卖杂货的老头对我边拉边唱“China！China！ I love China！ Beijing！ Beijing！”。这些画面那么动人和安稳，他们对生活又爱又期待，他们的眼里看不见麻木和冷漠，这些都让我忍不住食指大动，同时又担心备用的电池不够！真想把这些故事带回家！

这些画面里，最让我难忘的，是开罗郊外入夜后露天的士多店（杂货铺）里纳凉的那对父子：小男孩在父亲的怀里，手里也没有玩具，不吵也不闹，父亲也没有给他讲故事，没有给他做鬼脸，小家伙乖巧地瞪着一双要看宇宙的大眼睛。而此时，周围是人烟稀少的无尽黑夜。这个画面深深地打动了我。

我看到的埃及有点儿落后，但老百姓的内心强大。他们有非常明显的自豪感和自信心，虽然身处的环境有些脏、破、乱。也许是因为他们对现在生活的满意和过去辉煌的历史带给他们的财富。我看到的那些人，不是一个两个，而是几乎整个群体，年轻人、老人、小孩，男人女人，都是那种很积极向上的精神状态，没什么萎靡落魄的面貌，但他们又并不是华衣在身。这种反差会使你深深被打动。这多是跟经济发展带来的影响没关系的一些东西。我也说不上是什么，但真的很打动我。我镜头下的每个人，都那么的精神饱满，对生活充满探索和满足的样子，他们做着自己的事情。比方说沿路跟我打招呼的那些人，他们就是抽出个空隙，向你展露自己当下的快乐感受，这花不了多少时间，却又不是预先准备的，就很打动人。所有这些，跟我之前没去时想象的，的确很不同。我以为只有沙漠黄土，然后大家默默地在太阳底下辛苦耕耘、眉头紧锁的样子。

我也拍了许多街景，虽然杂乱破败，但每个人都忙碌得要死，人也很多。洗车的、修理钟表什么的，生活的每一天都有新注解的样子。我很喜欢看到这些。

法国行：谁人爱巴黎

到如今，脑海里仍是路边一排又一排的法国梧桐，还有一望无际平整的向日葵。

橱窗内的牛角面包，几世代以来都是弓着身子，静默地微笑。

裤袋里是不带任何情感的金铜色欧元硬币。秋风塞满了旅人的行李箱。

罗浮宫屋顶尖上的乌鸦，一身中古的发毛。

街上突然停立相拥接吻的恋人。

此时，他们仍在原地保持那般 POSE，就像是被导演喊了 CUT。

时间仿佛被拉直，情绪来不及解说。一切已成追忆。

在过去，在当下，在往后，谁人爱巴黎。

“天使艾米莉还在蒙特马的小店工作吗？”

没到巴黎前，我当然知道一些关于她的事。我擦 Chanel 的口红，墙上挂有埃菲尔铁塔的画，晓得有法国红酒的就是高级大餐，我在超市排队买最长的面包。我还知道西蒙娜·德·波伏娃，我看苏菲·玛索的《心火》，听她用法语念情书。同时，我所在的城市楼盘都叫塞纳河花园，咖啡馆都叫左岸，商业大街都叫香榭丽舍，婚纱影楼都叫巴黎春天，我们这里，满大街都是挎 Louis Vuitton 包的大婶。我所以为的巴黎，她时尚而艺术，她优雅而浪漫，她显赫而排场；她当然高贵傲慢，她当然遥不可及，她当然独一无二。

然而当我真的去巴黎，才发现，这些，都不是真正的巴黎。按我说，要抵挡她的魅力是徒劳的。就算时光倒转 100 年，情况也一样。

我到了巴黎。第一感觉就是她有种叫人窒息的扑面而来的奢华气质。这种真实的存在感，很难用我低劣的拍摄手段，或者是平庸的语言去完全表现。

城市的气质最初是由街头展现的，巴黎就像一个家世显赫，而又年轻貌美的倾城女子，她傲慢，有底蕴；就像上层社会 ball 场那个即使不是穿金戴银，一出现，也能第一时间抓住众人眼球的，优雅时尚的华贵女子。她的芬芳随之扑鼻而来，让你呼吸困难，让你很难在第一时间里，说出看见那种光芒闪现的瞬间，到底是喜欢还是害怕。对，就是这种感觉，空气里凝结的，都是法国悠久历史里沉淀下来的奢华气质，它们像突然打开的洪水闸门，朝你扑面而来，让你猝不及防。完美的哥特式教堂巴黎圣母院，手笔过于铺张的里

沃利柱廊街，霸道的凯旋门，都留给我永世难忘的震撼记忆。

然而，这还不是我爱的巴黎。

走在巴黎街道上，你很舒服，这种舒服不是来自你呼吸的空气，而是流动着的空间里。很多时候，你能确实感受到“浪漫”与“自由”的气息。而且这种舒服是有压抑感的，这种压抑感来自你面前所在环境的那种强大，就比如你面前突然出现了一片大海，一望无垠的大海。在它面前，你感觉非常的好，但是你心里是有敬畏的。当然，这种敬畏也有可能来自无知，你对它不了解。无论如何，她让我敬畏。

关于浪漫，早先我在香港前往巴黎戴高乐机场的12小时多的飞机上就领教了。法航机上的男乘务员，长得不高也不帅，瘦瘦的，甚至有些秃顶，但非常酷，哪种酷呢，是让懒于尘世的我，也忍不住回过头去探索的酷。他时而戏剧性地与空姐如恋人般眉来眼去地配合着为我们提供机上服务，时而又夸张地学那些GAY佬扭屁股走路，这些做派，一点也不让人讨厌，但在东方，几乎是不可能的。这位酷毙了的先生，在为我倒水时，因过于投入在自己营造的那个角色中不能自拔，导致一边倒一边漏，只见他手拿杯子，眼睛看着我，挖空心思跟我做鬼脸，结果水溢出杯子，流了一桌；对此，他似乎也见惯不怪，但是非常抱歉地冲上来，动作幅度非常大和夸张地抓起超过

三寸厚的纸巾，给我擦干净。那个样子，真是滑稽死了，嘴上还sorry个不停，好像是犯了错的小孩，接着用法语啰唆啰唆碎碎念了一堆，也不管你的反应，便一颤一颤地扭着大屁股走了——此前他好像根本没有来过。留我这受害人，乐呵地整理着衣服，面对如此独特的法式幽默和风情，我是真的连气都生不起来。于是便各自沉醉了。

在巴黎街头，西堤岛的桥上，或者巴士底广场，经常看到走着走着就突然来feel互相拥抱接吻的恋人。巴黎是个浪漫的城市，结婚率非常低，他们不愿意背负婚姻的责任，却异常享受男女之间你追我逐的浪漫恋爱感觉。说得难听点其实就是骚，更难听就是滥交，怕束缚，还美其名曰博爱；一个人两个人这样就叫骚，整个民族都这样则可被称作浪漫。我还没搞清楚真相到底是什么，因为无法更进一步地去接触他们真实的生活情况，但是这种存在被冠以自由的名义之后，便是真正的自由了。

巴黎人不讲英文，这不代表他们英文不好，事实上，大部分法国人英语都很好，但是他们不屑说。因为不懂法语，我在巴黎买东西或者问路都是用英文，法国人都能听懂我说的，然后不紧不慢地，用法语来指示我。他们也极少有像日本人式的那种热情。

这就是优越感。他们觉得自己的语言最优雅有力量，他们自信自己是最完美的。

巴黎人当然生来就爱漂亮，因为巴黎自古就是欧洲的文艺重镇。这里，每一个生物，爬着的走着的，只要是活的，都是当今世界最时尚的！在巴黎，每一个人都是时尚高手，时装设计师，或者模特儿。从白发苍苍的老人到蹒跚学步的小孩，从男人到女人，从乞丐到富豪，再从他们手中牵着的宠物到交通工具的造型，从发型到衣着，从举手到投足，唉，一个词，太酷了！！满大街都是那种欧美大片里的主人公，满大街都是贝克汉姆维多利亚小甜甜布兰妮凯特·莫斯麦当娜毕彼特，搬运货物的黑人，打领带的熟男，婴儿车里还没满月的ＢＡＢＹ，挺拔修长的穿唇环美女，连倒垃圾的工人都全家人像保镖。那些露天酒吧和咖啡馆，永远猜不出年纪的女人，穿了简单但很好看的低胸开衫，坐在那里，猛烈地抽烟，仿佛除了摆造型，别无他想；而那些模样打扮比客人还帅的男招待，也会露出迷人的笑容和客人开些无关紧要的玩笑。街上也有年轻人，大热天披一身皮衣，铆钉鞋子露出尖尖的头儿，戴着耳机有节奏地走，却一点儿也不让人反感。还有另外的人，他们也是披了引人注目的行头，在路边、小酒馆、小桥边，无忧无虑地晒太阳、聊天、发呆，或者猛打手机。

而所有这些，都很协调、合理并且相安无事地存在着，谁也没有必要评论谁，谁也没有必要去膜拜谁，谁都是各自舞台上的最佳主角。

Damed cool！来过巴黎的胖子同伴发了誓，“回去我要减肥，要把头发留长，两边刮光”了，“以后我绝对不只穿白衬衫上班了”……对。人，可以长得困难，但一定要酷，从外形到气质都一定要酷！否则在巴黎是很难混的，就等于行尸走肉，别人都不想多看你一眼，活着，还有什么营养？

为了酷，为了活出意义，一辈子你至少得去一次罗浮宫对着蒙娜丽莎笑，在左岸悠闲地喝杯热巧克力，或者欣赏路上装扮优雅的行人。

所以，去巴黎。

在中午也好，在子夜也好，顶着太阳也好，下雨天也好，感觉幸福也好，满怀落寞也好。

在那里，能找到所有我们想要的。

Tips:

1. 去罗浮宫，别只看蒙娜丽莎微笑。

2. 向 Costes 兄弟讨教时髦生活，他们的搞怪杰作随处可见，缔造了一种巴黎人的生活方式。

3. 在文质彬彬水流安静的塞纳河边站一站，什么也不做，只要看看别人或者被别人看看。

4. 每年 10 月 12 日拿破仑诞辰，太阳会从凯旋门正中下坠。

5. 真的，看到什么你都不必大惊小怪，因为这一切只是巴黎的凤毛麟角。

意大利行：桥上桥下，沉没威尼斯

威尼斯，是古罗马时代，一群陆地上的异族人，将原本荒芜的滩岛湿地加固，打下百万橡木桩，由几百座桥和石头小道连接而成的一座水上都会。

没有哪个地方，会像威尼斯般，弹丸之地却拥有那么多桥。大桥小桥，石桥木桥铁桥，威尼斯有接近500条完全不同的桥。她们不单连接水和陆地，连接昨日贵族辉煌与今日没落华美，更是通向家园、通向自由、通向繁华、通向世界的象征，也是威尼斯人真实生活的舞台。

2009年，因为有桥与沉没的传说，我迫不及待地开始了威尼斯美好奇异的水上之旅。

这座迷宫被海水全情环绕，但威尼斯的水不同于其他地方的水，她并无大海潮起潮落的狰狞同时又摒弃湖泊小家碧玉式的矜持，她更像一个见多识广，并且有良好教养的大家闺秀。置身其间，我时常惊诧于她的平静和温柔：或者忘我地闪烁粼光，或者寂静至只剩鸟鸣，船桨和船只间的碰撞也只是偶然的音符，连高高在上的阳光，似乎也只有降落在运河的水上，才能散发耀眼的金芒。河面时常就像丝绸一般柔软闪耀，一切的黎明薄雾，暮色低沉，混沌细雨，皆是为了给威尼斯的水作陪衬。

威尼斯禁车，因此在这儿，不是在桥下坐船，就是在桥上走路，桥上桥下都有摄人心魄的好景致。在桥下，乘坐渡船以贴近水面的视角去亲看古城建筑的斑驳和飘摇，情动处俯身掬一捂河水闻嗅，似乎就真实碰触到了过往的繁华云烟，大大小小的石头和木桩在最近处影影绰绰，闪耀交错的时光，整个隐藏在威尼斯城的秘密，不假思索地渐露于清冽的海水中。于桥下仰看桥上的行人，曼妙女子俯身倚靠栏杆，顷刻也成为我的风景，相视而笑，心

GONDOLE
RVIZIO GONDOLE

OIL PAINTING
The Art & Cuisine of Venice

中便都有了各自的一座威尼斯桥。过桥洞时，听见桥上密集的鞋声脚步声，我又为自己身体不动、却已飘逸走过一段路程瞬间窃喜了，像一尾自由自在的鱼，真是如梦如幻，平素的忧愁都被船桨远远划到身后去了。而在桥上，倚靠栏杆，运河波光粼粼，海市蜃楼都被踩在自己脚下，便又滋生出优越感，眼前必定铺陈了另一番宏伟景致：城内远近街区教堂广场钟楼宫殿博物馆修道院，色彩绚丽浪漫无比的贡多拉小船，大海女儿的梦想与荣光，水上都会的繁华，尽收眼底。

威尼斯是一座泡在水里、不肯腐朽的浪漫城市，而拜占庭金碧辉煌的圣

马可大教堂的大穹顶、哥特式建筑的总督宫、丽都岛上的威尼斯电影节、假面告白的狂欢节、双年展、弗洛里安咖啡馆里 19 世纪的笔画、做工精良的玻璃水晶灯、都深深吸引了全世界的目光。

塞斯·诺特博姆曾说，如果威尼斯如同慢镜头中的泰坦尼克号一般沉没于大地，似乎自始至终，世界不过是做了一个荒唐的梦，梦中有宫宇和神殿，财富与权势，统治与衰落，美丽的天国自行消散，是因为尘世承担不起如此的奇观。

然而，陶醉于这个梦境一般的城市，谁也不愿意相信她会沉没。

英国行：礼物

英国人，素来以严谨和死板闻名世界。我见到的英国人多数也是这样的，不是特别幽默，也不常常微笑。小朋友很多，表情多是早熟的，漂亮姑娘特别多，我感觉比之前在意大利、希腊见到的还多。我拍他们的时候，老年人基本上不苟言笑，他们对镜头不是特别抗拒也不好奇。年轻人则比较有趣，我发现，自己举着相机的样子，最受欢迎的地方一是土耳其，然后就是英国了。年轻人喜欢我，对我及我的相机好奇，在温莎和约克，我就分别被三四个年轻人从后跑上来问起我的相机；在剑桥，我甚至被多群年轻小伙子叫去帮他们拍合照。当他们发现自己被拍时，会重新整衣理袖，或认真地摆出古怪的表情，来重新配合我。哪知道，我只喜欢他们不知情的时候，被我拍下

nist
17
Cigar

BAMBOO
£1.00
STARGAZERS
STARGAZERS
£2.95

Thank you
OPEN

BIOGRAPHY

Scottish Daily

CD

的样子。总之，他们喜欢我及我的相机的出现。小朋友发现我拍他们的时候，会一本正经地凑过来，他们并不是好奇，他们凑上来只为跟你说一大堆。比方，我拍了一个路上活蹦乱跳的小姑娘，当她发现我拍她的时候，会冲上来跟我说，你为什么拍我呀？你是觉得我好看还是觉得我可爱？巴拉巴拉，这样，话痨似的。然后摆了 POSE 说，你再来啊，你拍啊。嘿。我喜欢看到他们各种各样的面孔。老年人显得比较无趣，他们好像对什么都没有太大兴趣的样子，偶尔会有跟我搭讪的老头，但他们都是来自意大利或者其他地方的。感觉这里的经济发展真的缓慢了，他们的面容没有特别的放松，有一小点焦灼。

在牛津、在剑桥、在约克、在温莎、在爱丁堡，我都选择了一个街头同一景停留超过一小时，就站在角落里拍摄往来的各色行人。我特别喜欢剑桥郡，主街道人很多，什么人都有，老做派的教授，英伦复古红唇、花裙麻花辫的单车少女，男扮女装的卖艺人，奇装异服的新学生，真是目不暇接，这才是真正的街拍啊。

像机关枪扫射般，拍完我就躺在草坪上晒太阳，想象自己旁边放着几本装帧精美的书，而我，俨然是其中的一本。

我拍了许多。有时候，我会觉得这些面孔，就是这个城市送给我的最真实的礼物。

Say hi and bye to Manchester

这些天来，英国关于异族分子的暴乱愈演愈烈，从伦敦到伯明翰到诺丁汉到曼彻斯特传播开来。一群以黑人为主的、底层青年的暴乱，导火索可以完全忽略，就是借口滋事，抢钱和发泄是所有的目的。一个纯英国血统占 85% 左右的国家，居然被加起来百分之几的加勒比移民或者别的什么烧了首都。三天过去了，警力还不够，议会要开会。简直不可思议。我不停收到国内亲友关切的短信和电话。事实上，身在其间的我，自暴乱第一天就已在伦敦了，在市中心及郊外都没有感到任何异常，大街上、地铁站，都是热闹的行人游客，郊外的居民也像平日里一般。

但当我一路北上又南下到达曼彻斯特后，便频繁听到当地广播新闻关于暴乱的消息。刚抵达曼彻斯特那日，天气非常不好，下着蒙蒙的雨。街上行

人和车辆稀少，当地司机告诉我，上午这里一家便利店刚刚发生暴动，玻璃被砸，店里的商品被抢，还有若干公共设施被火烧。中午我就餐的餐厅老板也板着苦瓜脸沮丧地告诉我，他的车昨晚无端被砸！顶着凛冽的寒雨和这些未曾亲见的传闻，我的内心对这个只知道有疯狂叫喊、嘴角起沫的足球赛和上等人喧闹聚会作乐的喧闹城市产生了几分悚然的敬畏。而事实上，自车进入曼城区域起，我就对这个棉纺织工业城市没有多大的好感：与之前所有我到过的英国其他童话般漂亮干净的城市不同，曼城到处是新建的灰灰的高楼大厦，空气不太好，建筑也不像其他城市般梦幻别致，行人的打扮也尤显随意。加上有了暴乱背景的渲染——可以想象我对它的印象有多糟。

果然，午饭后传来了全城戒严的消息。天上依然飘着阴冷的雨，市中心街道上宽宽的马路几乎没有行人。到处是警车，鸣笛声打破并代替了这个城市平日的喧嚣。一堆一堆穿着荧光绿戴着黑色头盔的维警，表情严肃威严地

站立着，马路中间有许多冒着白烟的下水井。现场气氛十分凝重。

一直以来，去每个城市我都要先从它们的超市或便利店买饮用水。一来很少有自带水壶装水的习惯，二来我肠胃不怎么好，买瓶装水可预防水土不服，并且，欧洲大部分城市的依云矿泉水，比国内便宜一半以上。这次也一样，我去了附近一家TESCO，发现里边没什么人，东西也不多，门口还站着两个警察，不停地催促顾客快一点。那瞬间我心里甚至有点兴奋和激动——我肩上背着相机，我

Hen Party

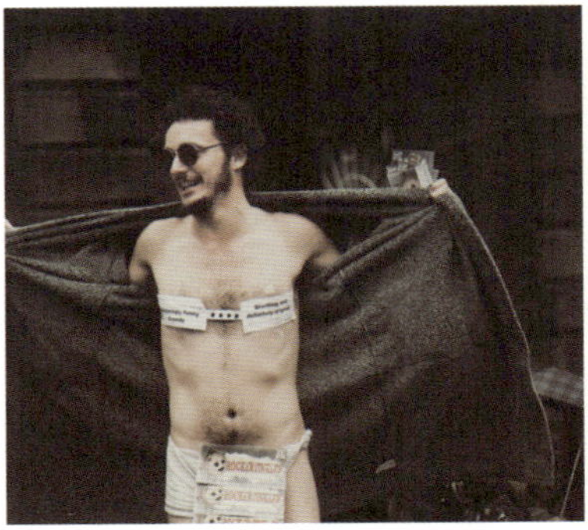

感觉门口的马路随时要爆炸或者着火了，我作好了随时冲上去捕捉拍下现场的准备！然而，事实并没有这样。曼城在英国警方的控制范围内暂时平静且神秘。而我真的不愿意在下午两三点就回住处，我才刚到啊，我希望多在这个城市看一看，走一走。于是，我决定坐车去艾伯特广场逛逛。车子在经过一个公园拐角处时突然窜出一群少年，拿着空酒瓶往我们车玻璃窗上扔！看得出来，这个城市的暴民处在一种异常亢奋和激动的情绪中，他们好像等待发生一些什么事情，来打破平静乏味的生活。而作为初来乍到的访客我，显然来得不是时候又诡异讨巧：我不能了解到这个城市平日里的真实样貌，同时却不可多得地领略到它在这一特殊时期有别以往的刺激体验！我觉得自己是幸运的，虽然这的确打乱了我在这个城市探索和发现的计划。

在往艾伯特广场的路上，经过了上午刚发生骚乱的地方，空中隐约冒着白烟，远远地，我就看到曼彻斯特玻璃公司的车和警车停在那儿，大概正在处理现场。旁边有电视台现场连线记者在现场播报，而周围也并无好事的群众围观。看起来，整件事情已在政府的控制范围内了。我匆匆摁了几张，并给予警方极大的信任与配合，迅速离去。

在广场，情况也一样。没什么人，雨水把广场上那座维多利亚时代的哥特式建筑和门口的石子路洗得油黑发亮，花盆里的花开得鲜嫩欲滴，仿佛它们并不属于这个城市。我打了把伞，就这样无目的地在广场上来回踱步。我甚至还遇到了很著名的新闻播音员在雨中现场摄录。

直到晚上回到市中心的住处，我开始有了担心和恐惧。外面是幽深安静的夜。这是我这些年来在外唯一失眠的一夜：因为住在一楼的小房间，窗下就是小床，拉开窗帘就是马路。我担心半夜睡着了，有人往我窗户扔石头炸弹什么的，又或者沿窗爬进，甚至会有无名长臂掐住我的脖子，总之，这种情境的夜总需要发生些什么。我把被子放到床的最外边离窗户尽量地远，还

把窗帘拉开一条小缝隙，以便随时掌握室外敌军的行踪……总之，我整夜地失眠了。天快亮时 ，感觉自己昏昏沉沉，不顾一切睡着了。醒来才觉得，是不是自己多虑了。窗外依然是曼城的雨和曼城的夜，曼城的天和曼城的街——是它们陪了我一整夜。

对于这个我来不及了解的城市，带着一些误解和遗憾，我匆匆离开，奔向我的下一座城。

亲爱的曼城，你好，再见！——就像我从没有来到过。

美国行：纽约纽约！

2 月的纽约街头有比想象中更冷冽的风。

在想着如何更好地理解美国精神的同时，也被若干的小遗憾困扰着。

误删了两次 CF 卡，丢失了近 500 张照片，前两天就上吐下泻没胃口吃任何东西。

每天睡很少很少，每一张床我都记不得它们床单的颜色和样子。

旧金山的蓝天暖阳，洛杉矶的好莱坞，拉斯维加斯的不夜天……

有两次凌晨 4 点起来赶飞机或赶路的经历，又因某些压抑的情绪，在第五大道不顾一切地放声大哭。

仅仅是曼哈顿这样三个简单的发音，就能让我对它产生强烈的好奇。

冬夜带着牛排味凝固在第五大道。烟腾的白天烧剩的烟蒂。而现在冷风四起，空地吹来的报纸裹卷在脚边。路灯骤然约定亮起。说不上什么原因，尽管与想象过的纽约有着不同程度的差距，听着雪儿的《Are you strong enough to be my man》，我还是得承认：我有点儿着迷这个地方。

BANK OF
Bank of America

American Girl Place

BAZAR
CASALINGHI
ART. REGALO
GIOCATTOLI
CARTOLERIA
L'ORTO di SILVIA
FRUTTA VERDURA

单身旅行

单身旅行不一定是独自一人，可以是两个年纪相仿的同性朋友，闺密，姐妹俩，上一次旅行认识的姑娘……只要结伴一起旅行的人中没有男生，没有家里人，没有同事，就可以叫单身旅行，这样的旅行体验一定更有趣。

我和S是在一次跟团旅行中认识的，跟团旅行是件十分无奈但也不是一文不值的事。你可以在全团集合齐人的第一天里，就从所有团友中一眼挑出哪个是你这次旅途中最喜欢的陌生人。那次虽然是短暂的13天相处，但相同的喜好志趣，相近的家庭以及教育背景，相似的性格、人生观、价值观，让我们相见恨晚，彼此都希望那次旅程永远不要结束。后来旅行结束了，我们回到各自的城市，互相交换了电邮和QQ号，传寄上次旅途的照片，分享各自喜欢的音乐和电影，保持联系。同时，一直计划着相约好一起去旅行。

S高瘦高瘦，身材年纪和我有点儿相近，爱穿格子和碎花，我搞不明白她到底有多少不会雷同，但款式颜色都很相近的格子衣服。她也和我一样喜戴各种帽子，且会用各式双反相机，话不算多但总很有代表。总之，就是一个迷人的姑娘。

S说她有一个男朋友，但好像因为什么原因他们没有一直在一起。在那过程中，我可能表现得并不是特别有兴趣，以至于她未就此类私事再多说，她也从不问我——这让我很舒服，因为我不是个特别容易交心的人，我也不想和谁亲密无间。

我们那次选择北海道作为首次相约旅行的目的地。之前她就计划好一定

要在旅途中把自己打扮得美美的，第一天在飞机上穿什么，次日要在花田里凸显又要穿什么搭什么，这些她都想好了，还预先拍照给我看，说：“一定要把那些嘎妹（日本女孩儿）比下去！”她很有趣，会花许多时间在这些小事情上。这和我不大一样，我的旅行箱里也会有许多衣物，但为了减轻负担，每次旅行都挑简洁的、百搭的、不繁冗的、不太贵重的，因此常带错带少带漏衣服，同时也因我享受那种随遇而安，比如我会临时买当地的服饰。但我极愉悦地看她这么做——这种看美女对所期待旅行的准备很赏心悦目，甚至超过真正启程前的那种兴奋。

两个女生，尤其是两个漂亮可爱的女孩儿单身旅行，还会有一些与以往不同的际遇。比方，我们在飞往札幌的机舱里，就开始有男人搭讪。前排那个男人一开始只是装作回望后面来回瞟我们，S 发现新大陆似的把我的头摁在座位靠背上低声说“前面那个男人一直看我俩”，其实我早看见了，对于异性这种打量的眼神，我向来能一秒钟内迅速判断其中的性质，是好意还是

恶意，是好奇无心还是暧昧试探。而她这么对我说，大概也是因为那男的长得似乎还有那么一点儿好看的缘故，试想一个五大三粗的老伯这么回头看你两三眼，至于那么当回事儿吗？然而我还是压低声音回应她："低调啊亲，别把整个东南亚的蝴蝶都招惹来了。"两人哧哧地笑着，快乐的心情便在机舱弥漫开，旅行的欢乐自此开始了。

然而最妙的还不在此，最妙之处大概是我们总能互补，像一个人分成了两半，只要合在一起便功能强大！比如她带了 iPod 我便不必带了，我有读卡器、充电器和笔记本，她的行李箱里就能腾出更多空间放更多别的东西。我们还可互用对方点什么，今天你戴我的小红帽，明天我穿你的长筒靴。这些因为特殊际遇，两个人要相互关照和共同度过的日子，让我们变得无比亲近，我们像亲人般共同分享经历着这一切。这些时候，我时常回忆起远去了许久的童年时光，很久以前我们都有过那么一个形影不离的好朋友，一起上厕所，一起吃饭，共用一个洗手盆和浴室，耳塞的 LEFT 在我的右耳朵

RIGHT 在她的左耳朵，帮对方留车厢里各自喜欢的位置，买东西没有零钱的时候她就帮我先垫着，睡觉前谈心交换各自的秘密。我们既是一个个体，又不依附在谁身上，内心上亦是，既不能分离，又有彼此的空间。所有这些，都让我们觉得，这比男女恋爱或是夫妻之间的在一起简单纯粹而又轻松多了：

我们不担心未来，不担心自己是否是对方的唯一，不担心回忆。我们几乎用不着质问两人间相处时的一切，这些都是真的吗？不论未来如何，在往后翻阅照片时，我们的感慨仅仅会是对美好以及时光飞逝的慨叹。

一个和谐得体的旅伴，将令旅行变得愉悦且难忘。

对于女生，无论是求学时还是工作后，结婚前还是结婚了，生小孩前还是有小孩，都可以有单身旅行的兴致。我是一个在任何时候心灵上都要有自我空间的人，情侣间的旅行虽然甜蜜但未免油腻，性别差异也会影响到各自观看世界的敏感和独立；而以天伦乐趣为最终目的的家人之间的旅行，则带有更多的温馨和责任；人在江湖情非得已式的因公商务出行，又显得太过强迫及缺乏格调。

单身旅行恰好同时避免了旅行本身以外的诸多不快因素，我甚至觉得它是一个女人保持年轻、保持对这个世界的惊奇和探索、保持魅力的小法宝。在旅行中发现自我，寻找和体验平行着的两个角色相处时带来的真诚和情谊，找回自己在年岁渐长中慢慢丢失的，少年时代的那颗单纯和好奇的心，这在一个女性的任何年龄阶段，都备显珍贵和必要。

阳光有限闪烁的日子里，找个“三长”或者“两短”的假期，一个或几个趣味相投、懂事得体的同性好旅伴，一张记录自己勤恳工作的信用卡，挑一双平日里不舍得穿的鞋子和一些不为人知的秘密，带着彼此共同的饱满和真诚，我们结伴单身旅行去！

把家安在 SUPERMARKET

我是一个巨爱去超市的人。无论在哪里，只要出家门，见到超市便一定找时间钻进去。这倒不全是因为要供给生活中的一日所需，更多时候是因为已形成习惯，就像是每天要打开自家信箱，翻阅有无新的发现和惊喜一样，而事实上，超市每天摆放售卖的东西，无非就是那些耳熟能详的日用必需品。

但我实在被它们迷得神魂颠倒，经常有“把家安在超市得了”的想法。

我喜欢超市里一切欣欣向荣的样子和味道。到国外许多陌生城市，我都对当地的超市便利店非常感兴趣。大概对一个不同民族、肤色，不同生活习惯的旅者来说，透过它们，比其他商业区更能直截了当地了解到当地人当下的民生。他们的主流日常支出是哪些，价格比例如何，商家的营销手段，他们的消费情趣以及热衷的生活潮流趋势，等等，这些看似平常却由地区差异

而致的区别，有时候真的让人觉得有趣。

在日本和欧洲，部分大型超市便利店是不出售奶粉的。液态的牛奶有，但婴儿奶粉，必须到指定药店或属政府福利范畴的定点供应点购买，法国超市没有鱼头和猪骨头猪肝内脏卖，他们觉得那是垃圾，很多国家的几乎所有超市，无论大小，只要不是新鲜食品，所有东西都可无条件退货，这在中国大概是不可能的。国外超市对肉很讲究，不同部位分得清清楚楚，通常牛肉比猪肉贵，而猪肉又比鸡肉贵，但重要的还是看不同部位。比如牛肉馅，若是腿部的肉会比一般肉馅贵一倍。大盒的会比小盒包装的相对便宜，这是 Bigger pack, Better value 的价格哲学。另外，国外超市多在郊区，多数都很大型，顾客通常就 20 多个，时常寥寥无几，夏天冷气冬天暖气都开得十足，还一天 24 小时营业，我都不知道他们是如何经营而不至于倒闭的。

美国的蔬菜肉品基本和国内的价格接近，你当然不能用人民币汇率一比几换算，而应当用一比一的比率算才行，因美国人收入如果以一比一算，基

本和中国人相当，因此这些商品相对我们的价格差不多甚至更低些。如果什么都以人民币和美元的汇率算，那就没办法购物——那真是太贵了。瑞士超市羊肉最贵，只有几两羊肉片，居然要80多元。开始我还为能看到和中国一样的羊肉片而高兴，但看到价格后，我再没在瑞士多看一眼羊。土耳其超市里的大米一般人买不起！因为他们的主食是面食。

通过了解这些，我常常下意识地去跟自己原先所在城市所有的生活比较，从中获得沾沾自喜的优越或是愤愤的失落。这是很好的发现，它时常像是一只棒槌，猛然敲击你的脑袋，提醒自己明白一些平时忽略的小事情——每个人的生存所需都是一样的，但是别人在过着不同的生活，我们该珍惜和发现需要改变与接受哪些？怎样活着的方式才是自己想要的？答案在你手提购物袋走出超市的门口之际便了然于心。

每天都有对各色超市的需要和迷恋，这无形中让我有更爱家、更热爱自己生活的快乐感，而这种幸福和满足的感觉，只须进超市逛一圈就能够获得。

无论身处哪里，有超市的地方，感觉就有了家。这听起来真像一句广告语，可对于我来说，哪天能够异地为家，一定是那个地方有十分吸引我的超市。

PRODUCTEUR
A
VILLERS.LES.POTS

加拿大之行

这个世界的奇妙之处就在于，许多本来毫无关系的人，不知何时突然会碰上，然后你们会一起共同经历一件什么事。旅行中，时常遇到一些让人难忘的人，你和他们曾经很近，但各自最终回到自己的原点。

Daniel 是我在加拿大旅行时认识的当地导游，长我几岁，但还是一副学生模样，衣着打扮非常朴素。他在温哥华机场接机，初见他时他正斜倚在走道上，一副好像懒洋洋的样子，丝毫没有说服力。但是几天下来，我发现他非常的真诚和热心，做事特别认真。他和我一样也是来自广州，大学毕业后就来了加拿大留学定居至今，现在已经在卡尔加里拥有自己的房子，并且注册了旅游公司。

在过去的旅行中，我遇到过各种各样的导游，有些很会说话，你也不能说他油嘴滑舌，因为他讲的都是你十分感兴趣并且觉得好玩的事情，有些十分无聊，只会照本宣科念历史，有些只会忽悠你买东西。相比之下，Daniel 虽然似乎毫无亮点，但你不能说他不好，也觉得他的存在很重要。本来他就

像所有的旅行路上带领过我们游走的导游那样，跟我们讲讲当地的历史、人文、风俗，安排我们的交通起居食宿，等等，但当旅行的第四天，我们在BANFF国家公园的一处瀑布时，Daniel突然对我说：“你有没有玩微博呀？”我也没迟疑就说，有啊。的确是有的。然后他问，你是不是就是M.O.K啊？这可把我问倒了！因为我根本没想过，在茫茫人海旅行的路途中，遇到来自网络的朋友，你知道，这种概率并不大，我不是那种有几十万粉丝的什么明星或红人。生活中，我没有如在微博照片中般拾掇得很好，甚至有点儿不修边幅。Daniel说他突然看到我那天戴的红帽子，正是几个月前在英国旅行发微博中戴过的，便问我。他说：“我是你粉丝哦！”

Daniel大概一年前在朋友微博里看到我，首先觉得我是美女，其次作品很另类不是一般的“糖水片”，再次就是全世界到处走，留下很多特别的照片，所以就关注了。真的吗？听他这么说我觉得有点不可思议！他反而有点害羞地说：“反正很巧啦，还能见到真人，呵呵。”

在加拿大的那些天，几乎每天都是看湖，各种不同的湖、瀑布、冰川、雪山，以至于我都有点审美疲劳了。后来我们便十分自然地聊起天来。Daniel 2001年来加拿大读书，当时是在萨斯卡通的萨斯喀彻温大学。毕业后就到卡尔加里了。他感觉卡尔加里这个城市比较有活力一点，是因为石油工业最近20年发展起来的城市，就业机会比较多，有点类似中国的深圳。我问他后悔不，因为我觉得加拿大其实还没有我们广州好。他笑了一下，说，后悔倒没有，经历也是一种财富。不过有时也会设想一下，如果没有出国，在国内可能也会混得不错，因为在国内的朋友同学现在都混得不错。他说这里最吸引他的是生活比较休闲，民风比较淳朴。他感觉越是小城镇民风越淳朴，人会越热情，没有国内一些大城市那样冷漠和紧张。加拿大人比较热情平和，特别是小城镇。

刚来的时候，语言沟通是最大的问题。他记得刚来时住 Homestay，当地人家。那家大婶问了他一句："How come?"他可郁闷了，不明白什么意思，难道问自己怎么来的？当然坐飞机来啦，还是大婶你在机场接我的。他知道肯定有些特别含义，细问才知道是 Why 的意思。吃薯条时一下忘了番茄酱怎么说，只好说 Tomato Sauce，大婶当然知道 Daniel 说什么，热心地告诉他应该叫 Ketchup。

有次大冬天，他们的旅游车陷在停车场，就有人主动过来要帮忙，两车人帮他把车子推出。还有一次，朋友冬天开车不适应，陷到高速公路的隔离带，也是一辆皮卡车上的人下来帮忙推车，然后对方还很不放心，一路跟着他开车，直到第二次又冲到隔离带，当地人再次帮忙。而且当地人问他是不是开了巡航，告诉他冬天路滑，开巡航很不安全。但他说他极其不欣赏这里的慢节奏，做什么事都慢悠悠的。

我和他都是南方来的孩子，其时才 10 月初秋，我在此却穿上了一生中最厚的羽绒服，实在感觉不方便和不习惯。我问 Daniel 对卡尔加里的气候习惯吗。他说他刚来加拿大的时候在萨斯喀彻温省，那里更冷，来到卡尔加里，反而已经暖和一点了。卡尔加里比较干燥的气候，反而让他觉得比广州的回南天更好。天气是冷一点，但一般的日常生活还能适应，最主要的是室内都有暖气，不管什么时候，在室内都不用穿很多。记得 2008 年回广州，正巧是寒潮来袭，粤北还有雪灾，那年很多在广东打工的人都回不了家。在家里都感觉很冷，24 小时都是那种湿冷，只要在家待着就冷，去外面走走才会暖和。但这里冷的时候，的确很冷。他说他在加拿大经历过最冷是 −40℃，加上风速效应，相当于 −50℃ 的感觉。只要在外面站两分钟，马上感受到刺骨的冰冻。不过他大致习惯了，首先会马上找室内的地方躲，尽量少在户外。

我冲他皱了皱眉头，真是不敢想象。

Daniel 现在在卡尔加里一人打拼，觉得累和压力大。做了 6 年导游，他本身也很喜欢接触各行各业的朋友，想把加拿大介绍给国内的游客。现在开始自己创业，压力更大，有时候觉得不知从何入手，如何尽快打开市场，当然还有资本的有限。以前打工光出力就可以，现在需要考虑得更多，压力也更大。Daniel 和我说，幸福感满足感什么的现在还没有，之前都是打份工，有点浑浑噩噩的感觉，现在才算是为自己的未来作些打算。走在有点儿颤抖的索桥上，我对他说："嗯，希望你很快就会感到幸福和满足。"

Tips:

加拿大主要有三大块，东岸的尼亚加拉瀑布和五大湖，中部落基山脉，西岸的温哥华沿海景色。我觉得，国内的城市发展飞速，在加拿大如果观光市区没有什么吸引人的地方。加拿大的特色是它的自然风光，还有各种户外活动。在这里，最主要的是以休闲为主的观光，时间不要太赶，要去感受这片土地。

其中，租船出海、自驾飞机、酒庄品酒、狩猎、高尔夫等才是吸引中国游客的独特之处。

如果要推荐景点的话，我个人比较喜欢的是：

尼亚加拉瀑布，能感受到震撼奔腾的河水。

落基山脉，宝石般的露易丝湖、晶莹剔透的冰原。如果坐直升机高空俯瞰更加美妙。

温哥华或维多利亚附近的出海观鲸（须视季节而定）。

冬天落基山脉的狗拉雪橇、雪地摩托车、滑雪都是南方客人很好的选择。

冬天在艾伯塔北部看北极光。

狩猎鹿、熊、羚羊等。

总之，我建议和加拿大的朋友或公司多沟通，根据自己的兴趣爱好制订合理舒适的行程。在出发之前，把行程大致定下来，玩起来才舒适和有安全感。行程尽量不要安排得过满和赶，有些自由安排的时间，才能感受这里的休闲，或者安排即兴的项目。

城市记忆之无辜

一切没有生命、不能动弹、无法自我辩说的东西都让我觉得无辜。停着的汽车、浩瀚的海洋、橱柜里的书、广场上的碑文、郊外的小旅馆、人行道的路灯、天桥底的旧报纸、寂静的山峦，甚至那些耸立的高楼、高楼上的钢筋、钢筋支撑着的门窗、门窗上的钢化玻璃，以及玻璃上的焊接把手……它们既不会瞬间腐烂消失，又不迅速蔓延生长；它们的样子本来一成不变，后来又被无数次篡改，这些，毫无由来地，都让我感觉到深深的无辜。无论日落黄昏、风吹雨淋、昨天前天，无论需不需要，它们都那样地存在，不是因为孤零零，也不是因为不好看，到底是什么让它们看起来如此的无辜、一点儿的欣喜都没有？所有的无辜感最后统一聚集到这个城市里，让人觉得，城市，真的是世间最无辜的存在。

我猜想，大概是“任人摆布”这样的一种沉默，让我觉得城市的无辜吧，但好像也不完全是，城市的无辜还在于它的永不灭亡。永不灭亡是一件异常可怕的事，它比无条件地任人摆布还叫我觉得可怕。摆布城市的人几代几代地变迁灭亡，城市拥有过的那些也会灰飞烟灭，但城市仍亘古不变地存在于这世界，这个地点，纬度××°经度××°的这个确切位置。过去在这里，现在还在这里，它过去和

K
E

MEISTER
MEISTER

现在的样子面目全非了，但是它依然傲然存在，甚至算不清楚它现在到底有多少岁了，而它依然存在。它本身没有任何的模样，但欣然地接受你将它改变，你也不是真正能改变它的，因为改变它的人会死亡会消逝，它将再次欣然接受另一些人来将它改变……你看，这样的一种存在大概是世间唯一永恒不灭的存在了吧。每每想至此，我就觉得作为城市的它，真的很无辜。这种无辜是敬畏以外的感觉。城市本身什么感觉也没有，它几乎都是任人摆布的，但又没真正的哪个谁能够将它永恒控制。无辜且强大，我觉得城市几乎是唯一能和漫长的光阴抗衡的物质存在了。尽管它的样子会变，但它从不消失，尽管险些有消失的迹象，但它最终又会重新有另外的模样，变旧，变新，再变旧，再变新。它只会这样循环。它自己也无法决定自己什么时候变，变成什么模样，但它像我们初中学习的直线定义的那样：没有长度、没有粗细、没有端点。

然而什么是无辜呢？是“受委屈”？本来没有做的事情，被赖到头上的那种感觉？不不不，不是那样的，城市给我的这种无辜感，大概是它对任何人而言，都是公平的，任何人既不能随意将它怎样，同时它又被任何人任意地怎么样。

1000年前这个地点的一个男人，300年前这个地点的一个老妇，20年前这个地点的一个孩童以及昨天站在这个地点的一个少妇……那时的山早已不在了，300年前的河流干涸了，20年前种下的小树早已参天了，而这个地方依然存在。

除了无辜，我发现城市也是世间唯一能和时间比肩赛跑，可以称为永恒的东西。

LUZERN

永无结局的恋爱

纵然是风情万种，还赖痴心眷顾

路遇爱情

——“火车开了，不用太想我哦！”

——“嗯，有个土耳其人，叫塔基思，他说过，乘客们多少都跟我有亲，一路顺风吧，愿桥都坚固，隧道都光明。”

——“好的，你是要逼我说，我的账户里除了你没几个银子吗？”

人在自己习惯的环境里待久了，会自然而然对一切麻木。一些本来是生活中细小的美好，会因生硬重复而被日渐忽略，比如每天经过的那棵木棉树开出的红艳艳的英雄花，路人竟然连抬头观看的欲望都没有。这种麻木是可怕的，这种可怕比那棵木棉永远不再开花还可怕。

电影院看午夜场，依然看到成双成对的年轻人，有人虽然买挨在一块儿的座位，但是女孩儿整场连看都不想看一眼身边的男伴，走路也是一前一后，男人还屁颠屁颠地跟随其后，拿包，赔笑，买饮料；有人则走路都把对方抱

得紧紧的不停亲对方；有的一看就是刚认识勾搭上的组合，不般配的年纪，奇怪的不默契，女孩手里居然还捧了花束或者玩具熊……所有这些，你都已经看腻。很多个瞬间你都不得不低头，这就是人生吗？这就是爱情吗？这就是我们每天追求着的生活吗？

爱是什么？这样明知道无标准答案的发问，却在我从童年到少年到现今逐渐长大变老的人生过程中一直存在。多数时候，我们都不知道将来到底会怎样，我们真正得到过的，往往都在寻找的过程里。我，以及我们真正爱着了，才会如此迷恋着爱着时候的感觉，以至于，换了对象，换了时间，换了空间，换了情节，换了氛围，换了背景，换了方式……而全然不觉，仍然呆站驻足细看。我就是这样的。但是当那些熟悉或陌生的眼神和话语，还有如同自己影子般的别人在我面前演绎这些的时候，我在一秒内就认出并抓住了它——这就是爱。

那么多人歌颂爱、寻找爱，继而谴责爱、鄙夷爱，那是因为爱里的酸甜苦辣就像是一道道销魂的菜，尝过便忘记不了了。我们喜欢爱着时的简单感觉，一直以为，不必多思考的直观感受带来的愉悦，一定是人世间的美好和恩赐。那么，不管是在这里，还是那里，享受这感觉吧，不要去打听所有关于爱的结局。

很长一段时间，我一直认为使人默默流泪，方能称之为爱。我说不清楚这是怎么一种状况。打个比方，我深深爱着我的父母和他们住在一起时，我们之间总是难以平静相处，彼此间频繁轻易地为小事争吵计较，没办法看着对方的眼睛安静地说出我爱你，哪怕眼前的是自己的亲生父母啊。然而一旦离开，独处时想起一些，眼泪便一滴滴落下，恨不得瞬间变小蜷缩回他们的怀抱。是的，任何嵌入心髓的爱都让我流泪。

除了回忆，我什么都不怕。

——“你挺贫的。”

——“知道我为啥这么平不？”

——“不知道。”

——“非洲有个‘熨胸’习俗。在喀麦隆，母亲用火把石块烧红，把少女的胸部熨平，目的是降低她们的吸引力，防止她们被强暴。”

——“……你敢不敢再贫一点啊？！”

——“我是个平凡姑娘。”

女人要一生都在恋爱。

撒娇到令路人侧目冷战，泪流至眼鼻面目模糊。

女人在穿衣镜前顾影自怜，抑或在闺密面前矫情、暗自火拼，

都不及在一个她喜欢的男人面前——

那样地，

自如，纯粹，放肆，无添加，零智慧，不知羞耻。

不过，看起来我们都不关心结局。

那是关乎床单、马桶、镜子、午夜的故事。

也许那也只是一个人的故事。

同时它是那么自我发现、自我陶醉、自我暗示、自我塑造、自我否定、自我盘旋的过程。

美好的事情大抵是由蜜糖、欢笑、阳光、雨露、拥抱、午夜简信、牵着的双手、看得见模样的未来等组成。

其实有时，美好还包括眼泪、沉默、不安、彷徨、三分钟追悔、没有结果的等待、未实现的诺言、最最漫长的黑夜。

以及，在别人的故事里，流下自己的眼泪。

FREY WILLE

——问：我为何生长于这世间，有如无垠瀚海中的一粒沙子？

——答：为了遇见和挨靠另一粒沙子。

直到我一个人走在那异国的风景里，才深觉：

布拉格的红、土耳其的蓝、圣托里尼的白、那不勒斯的黄、普罗旺斯天然的紫、硫森的日落、美瑛的草香、梵蒂冈的南瓜人，

都及不上你在身边时的斑斓。

没有了你，天地都是浪费。

大概，一部功能熟悉的相机，一个喜欢着的人，是路上最好的伴侣。

想它的时候就睡觉。

“让我躺在那上面吧。”

只有睡着才能停止回忆。

爱一个人时，就要和 ta 一起睡觉。

呼吸不会骗人，体温不会骗人，睡着的表情不会骗人，四肢的朝向不会骗人，夜尿不会骗人，梦话不会骗人，脊背的弯曲不会骗人，呼噜不会骗人，

洗干净的脸蛋不会骗人，身体的味道不会骗人，半醒时说的那句我爱你不会骗人。

光着膀子睡觉，摘掉眼镜睡觉，把电话关掉睡觉，把白天收拾得光鲜的衣服脱掉，把腿缠绕在 ta 身上睡觉，在额头上印上吻痕睡觉，拇指和食指在 ta 耳垂上使劲揉搓着睡觉。

爱着你时，我就只想和你睡觉。

只有深深爱过的人，才有资格说他妈的。

在陌生的彼城，初冬，依然看见许多或者为了取暖或者为了亲密或者为了习惯当街拥抱的恋人。

他们就在自己半米以外的身边，我仿佛都感觉到自己的衣衫被温柔或粗暴地揉扯，继而又恢复往常的褶皱。

而另外一些人，即使在爱里仍觉得孤独。

当我合上没有写完的记事本，倒掉杯里剩下的冷茶，爬进凌乱不堪的被窝，默默地想，所有尝过的欢乐我会重温一遍。

四海为家 ，“为”是念第二声还是第四声呢?

我已经不是那个哭泣着哭泣着便嚷嚷着我要长大的孩子。

也是在这时候，我才意识到：未来，不管这城还是那城，我再也遇不到一个人像你。

戴眼镜是为了看清楚
看真切了又慌乱地摘下
世界如同幻境，但我碰触过真诚发烫的身体
并且深谙
你嘴角微笑的弧度
毕竟都渴望来自故事的末端
开始前便作好了束手的准备
对于未来，我担心的是老了会不会有胃癌或者乳腺癌
还有迟早要来的世界末日
但这个世界和你我爱过了
你是从天而降的暴雨
你是破土而出的春笋

你是永不断电的收音机

你是航空路上的清晨日落黄昏深夜和白昼

你是我爱的人里边最爱的一个

三月六日天气晴

许多痘痘分布在我的脸上

每吃一口辣的我就长一颗

然而我决定照顾它

第二天阳台上的昙花开了

开了

迅即凋零

在鼻子上

比爱情短

比昙花长

究竟是

一种长度宽度

还是高度？

你看我时

无色透明

我这里

却盛开

浓稠的

黑暗

在一本字典里

查询

“誓言”

先翻到的是

“食言”

是不是有一天，我会把以前的一些事情都忘记了？

一些不算太久但当时觉得很重要的事，我还试图用日记或者音乐来点缀那些时光，让它们在我年轻的生命中，不那么单薄和空洞，并且那些时候的天空并不总是蓝的。

后来，旷野袭来的风并没有把我怎么样，但那把日记的钥匙和音乐盒子的的确确就被莫名其妙地弄丢了。

最后面孔和熟悉的味道慢慢模糊起来，像无名的风吹开了一朵朵纠结的云。谁也不曾注意到，就散了。

我相信我在他们脑袋里也是那样的。只是，又有新的歌手哼了好听的歌在我 iPod 里使劲地循环。从此，我了无生趣，你再无下落。想至此，顿觉空气逼仄悲伤，我宁愿从前那是一场空白。

A

看到一句话 “最安全的是和自己厮守”。

乍听好像很在理，可是说这句话的必定是很没有安全感才会这么说。

就只怕，背叛的人，是你自己。

B

黄昏的气息里深深地，充满了别离的意绪。

C

过安检的时候海关工作人员要求我把相机从包里拿出来给他看看。

我拿出来了。

“老相机啊？”

“嗯。”

他还想继续问点什么的时候，前面的工作人员就催他了。

想了想，还是觉得很好笑。

D

好几次我失信于人了。

内心其实是惶恐不安的。

E

7月结束了。嘿，那些关于夏天的浪漫记忆啊。

F

展开一页。

“我曾在百种形象百回时间中爱过你，从这代到那代，从今生到他生。”

G

又做了考试的梦。自打大学毕业后我无数次做这样的梦了。

梦里焦灼得要死了，我还是找同桌作弊，可是这回的同桌一点也不够意思。

三面卷子我只做了三四道题其他都是空白的，铃声响了。

我都快哭醒了。

H

time to time.

逆流顺流

奶牛呀

一步一晃

恰如身后的农夫

两桶奶在手

——Walking With The Wind，Abbas Kiarostami.

2008年，在我第一次去法国的时候，我在香港机场的外文书店偶然买下一本伊朗电影导演和图片摄影师阿巴斯·基亚罗斯塔米的诗集《随风而行》。在此之前，我只知道他的电影《橄榄树下的情人》。他说，电影或者图片摄影并不总能捕捉到生命中短暂但重要的瞬间，这是确定无疑的。而一段文字，却可以有效地见证精确、珍贵然而转瞬即逝的瞬间，并且极富表现力。这样的瞬间，任何一种照相机都留不住。

因为太喜欢他的诗了，因此在法国整个旅行的车上、机舱、排队的间隙里，我都在想着他的诗句，感受那种文字带来的愉悦视觉和感觉。我非常喜欢他这种兴致勃勃观察世界、对生活赋予诗意的捕捉，他的短句略带幽默和悲伤，却都充满了智慧。也许是想把这个动人的世界看得更加清晰和全面，我希望能像他那样，用自己的内心感知对这个世界的爱。这些诗句就像“漫长暗夜中的闪电”，在巴黎回香港的飞机上，我甚至就写下了这些：

狂风
逆吹
叶子
掉下来
一片
两片
三片
越来越多片

不是昨天
不是前天
不是明天
不是后天
就在今天
我遇见你

别人告诉我
你们第一次约会的
那家咖啡店
已经倒闭

聋子阿丙的手机
响了
阿丙要送给他女朋友
一盘 CD

雪地里
黑人
脱光了衣服
颤抖

你说我下了
头像
却突然亮了

星星问月亮
你是不是我妈妈呀
月亮皱了下眉
说
你们长得不像我的小月亮啊

河流
想把一切
冲刷过去
转身一看
连最小的石子都露出了头

那个丰满的妇人
咳嗽一下
她的胸脯就抖两下

月亮怀孕
肚子鼓起来
就连小星星都出来了
唯独不见
肇事者

一窝小猪猪
就一只
是黑色的
在打着哆嗦

我买了十双一模一样的袜子
从那以后
再没出过差错

女孩子哭了
男孩子慌了
我就关掉电视了

趁着新鲜
把白菜
放进罐里
腌一腌
明年就可以吃呢

一个人
靠近蛋糕
烛火
把眉毛都烧着
如果她不来呢

坐在角落
你还是不相信

对面窗户
他们
抱头大哭
声音
没传到我这里

她孤零零地
披着
一千只麋鹿的梦想

早上找出一块
名表
戴在手腕
夜里摘下
发现
它早已经
比我先停摆

Bolulu
HASAN
USTA®

恋上这一季

迷恋赤脚踏在青草的松软
迷恋水珠滴到头皮的温度
迷恋红霞映射玻璃的大笑
迷恋午后的光把影子拉得很长很长
迷恋推开的窗把棂角弄得嘎吱嘎吱响

和鸟谈心
共同分享季节的美酒
或手中紧握的盘缠
天使关怀某些
花瓣的下落

听风的狂暴心跳
青春渗入缝隙
笑颜和裙角在墙上干杯
歌声同晴朗飞扬

这一季的美景
以及某个苹果的辉煌
全印在年轻的脸庞里

路过深秋

我立在那儿
我和我的屏息立在那儿

为了擦拭果实
为了鲜与甜美
为了看见你走过

为了同吃心形的蛋糕
为了失色之前的对视

你躺在那儿
你和你的影子躺在那儿

为了掀开黄叶
为了等待收获
为了离开的悬念

为了最初遇见的心跳
为了碎念满地的路过

继续胡来

偶然与所在的城市屏息凝视
眼看在眼里
影叠在影中
床单很白
城市很脏
唯有胡来可以制止胡来
唯有神奇能够交换神奇

除了靠近过来紧紧地拥抱
没有更坏的主意

你继续沉默
我继续胡来

那些关闭的

那些关闭的
以及另外一些半掩的
是为了重逢
还是为了阻断相遇

无人考察
开启和闭锁的难度系数

里头的人是否出来
外面的人是否犹豫着挤进去

原谅你
和你的若无其事
只好羡慕铁的冰冷和坚硬

我欠你的敲击
你未还我的钥匙
统统留给
另一座城市

这些年来

你尽管妖娆，你尽管败坏，你尽管撒娇。
滂沱大雨尽管往你身上浇，烈日骄阳尽管朝你皮肤灼。
故事的开始总是需要一些柔软被点缀，
鸟语或者花香，低吟或者娇喘，一片落叶和半启的窗。

然后要看许多新浪潮的电影，小众的人生特别需要反复地解释。
或者喝一点低糖的咖啡，是为了和此生难得一遇的影子干杯。

然后躺在单人床上很长很长的时间，
换很多很多奇想的姿势，发许多许多韶华易逝的感慨。
或者回忆春心萌动的那几年，
你把疯狂的事情都干尽，却还没找到与之分享碎片的那人。

然而总是会有插翅难飞的顾虑，
于是把灯灭了，盖上被子如同盖上灵魂和身体。
黑暗中只剩下空洞和我们了。

另外一些时候，你看楼下的行人迈着前程堪忧不值一提的步伐，
公园里恋人又都总盲目彼此欣赏日光下动手又动脚。
他们确实是很另类和我们不一样。你这时安慰我说。

你说，这是没有对准生活的焦点，细节偶尔被放大，但模糊不清。

你还说，也许也不是。

你在空中举了个照相的手势。

我笑得咯咯响，我说，请先揭开你的镜头盖谢谢。

我真是很喜欢这样。

保质期

好朋友T新拍了一张照片。玻璃的瓶子，很绿的苹果。叫我写字，说及保鲜，我问保什么鲜。T答爱情友情。我接：以及无情。

昨天下午有人告诉我下次不要再来了，我告诉他反正我也不想去了，有人会去但那是另一回事。

我吃了三个鸡翅膀，曾经比蜜甜现在比泪咸的烤翅膀，于是走起来像单翅飞行的鸟。

他说他将有新的工作，我说嗯哼那前路脚印将会更清楚。

想想，有些事情的确挺没劲的。但万万没想到的是，剩下的

另外一些，更加没劲。

我及我们真正笑了，我们真正痛哭了，其实也就只有那几年。

我仍然可能白天在街上随便走走，晚上跳绳做梦数指头。红的白的黑的，三个两个七个。还有我那个瘦瘦长长面目清秀的影子情人，长着一双颀长的葱白似的手。梦里我有一张摇曳的脸，空洞的似笑非笑的眼。

是夜，我的情人说：小姐你好，让我们来跳舞。他一步我一步，一二三四，二二三四，三二三四。

就这样，我那面目清秀、模样儿好看的情人带着我跳了一圈又一圈，相

对无语，陌生又安全。

我说我的头发长啊长啊都长成了一个假象。开出了败蔷薇，长出了野苔藓。湿答答潮乎乎地散发着腐味……

然后醒来。4点整。

中杯热摩卡，巧美云吞面，双色球福利彩票，地铁A出口回头的对视，两双白皙纤长的手，到了嘴边又吞回肚里的话。我说我再也不玩了。那人说你要幸福，我怎么会不幸福。

我们喜欢一个人一首歌一场电影会有多久。切断回忆的按钮，我要赶紧重患失忆的重症。大风吹啊大风吹，冰激凌不会再流泪。而路途需要具备随时离开的悬念才会值得留恋，如同一个人的爱情，总是找不到除自己之外的读者为之垂泪。

最后，那人仍在说你好，我只好说打扰。

时间地点情节都足够地完整，如果非要我的赘言，那么就是，纯属虚构，请勿对号。如有雷同，请原谅生命中太多的情节相似。

请领回你们的幸福

今天收到一封E-mail，来自一个叫“晒月亮”的陌生朋友。

敬爱的M.O.K：

请不要介意我对你用了这么老套的称呼，因为我觉得只有这样才能表达我对你的才华的仰慕之情。大概在一个月前我从网上“认识”了你，只能用“惊叹”来形容我当时的感受，我以为在我活着的当下，不可能遇见像三毛、张爱玲这样灵慧的才情女子。感激你赠予我惊喜。

M.O.K，很抱歉，未经你同意，我转载了你新浪博客里的一张照片，纯粹出于表达个人情感的需要，绝非商业目的。如果因此而冒犯了你，请告知，我会在收到通知后立即删除。我仍会继续喜爱并关注你。

以下是我转载的照片及我发布的文字：

魅影：请领回你们的幸福。

她，面容姣好，小鸟依人；他，乍看不起眼，微微发福，胡楂儿密布。

可再细看，会发现他有一双睿智的眼睛，眼神里有暖意。

原来爱是一种无声的语言，传递出美妙的信息：他和她在恋爱，他和她很幸福，他和她融为一体。

照片是美女摄影师 M.O.K 在旅途中遇见的一对情侣。

她看见男人用手机吃力地给两人自拍，于是，她拿着相机走过去，帮他们拍下了这张照片。

M.O.K 说："可惜的是，我没有留下他们的 E-mail。他们永远看不到那刻自己幸福的模样。"

这是 M.O.K 拍的所有旅行作品中，我最喜欢的一张。

特别的拍摄背景，让照片不再是一张普通的人像，无数人见证着他们的

爱，可他们自己却看不见。

也许，我迷恋的是这份遗憾美。

M.O.K说：“恋有时，爱无常。”

如今的他们身在地球的什么角落？是否相爱依旧？

如果他们幸福的模样从未改变，我真希望万能的网络能让他们发现这张照片，让他们把幸福领回去。

亲爱的晒月亮：

谢谢你的喜爱。这种转载我当然是欣然喜悦地接受。

很高兴你能用心体会我的照片。你喜欢的这张照片是我在土耳其的伊斯坦布尔的亚欧大桥脚下拍的。

当时那里有许许多多的情侣和游人，晒太阳，吹海风，吃东西，走走停停，享受那个平凡但舒服的下午。

其时我正漫无目的地走着，我太喜欢这个地方了。太阳懒洋洋地斜躲着，十八九摄氏度的海风吹打在肌肤上。

拍这张之前，我先看到这对恋人坐在石阶上，男人用卡片机费力地自拍下两人的模样。女人笑的模样，让我感觉到爱真是奇妙的东西。这也许是他们的第一次见面，也许每天都见面，也许这是久别的重逢，无论如何，他们的内心是满足的，思念得到拥抱的兑现，他们也并没有许多话要说，只是彼此抱着，偶尔亲吻，看路人，看海鸥飞起，还有什么比此刻更宁静温暖呢?

我拿着大相机跑上前，说我可以帮你们拍啊，他俩非常愉快地答应了，带着对我这个陌生东方面孔百分百的信任以及一种前所未有的坚定，两人在我的镜头前，笑得开怀。于是，有了那张。

他们还没有看到我的时候自拍的这张，也送给你。很喜欢你说“请领回你们的幸福”，于是用它做了我的标题。

如果你的幸福之花，它开在路上，我又刚好闻香而拾，那么，请不要吝啬你的笑容。

在这里，我愿为你们站成一面镜子，照见幸福的各种模样。

Yours，M.O.K

偶遇

有次大白天，我和几个朋友在ＦＲＩＥＮＤ’Ｓ　ＤＡＩＬＹ坐在角落里，一辆花枝招展的越野车疾驰而过，５秒内又急速倒退，探出个猪头来，因为近视，我眯着眼，这车咋跟ＲＥＤ的一毛一样。果然是。

吼吼，世界又小又可怜，而时间只顾往前冲。幸好你会疾驰，幸好你会倒退，幸好你不近视，幸好你那辆破车够骚包。

气球先生说你是蓝色的雏菊，你要像冬天早晨街上那些刚出锅的馒头，热乎乎的，保持新鲜。

浸蓝雏菊，莫须有染。梵天净土，稀世无双。

莫。梵。稀。

这些字句，多好。

大头君按我在日内瓦湖游荡时候的样子，做了个小雕像给我。她戴小偷帽，大墨镜，穿牛仔裤，白色匡威，灰色卫衣，黑色围巾，背Ｇ家的包包，几乎和我长得一模一样。我摆在书桌边，仿佛有另外一个Ｍ．Ｏ．Ｋ在那里屏息凝视，小老头似的一动不动，看着就要扑哧笑出声来。

气球先生把这些都称为偶遇。雨遇见伞，伞遇见你，你遇见我。

谢谢你们给予的爱，生命苦短，不问明天。

带着真挚去远行

我只能为你阅读一本书

我十分喜爱的意大利作家伊塔洛·卡尔维诺曾说，飞行是旅行的对立面：你穿过空气稀薄的空间，消失在真空中；你承认在一定时间之内不置身于任何地方，这段时间也是时间中的空白；然后你又出现在另外一个地方，那里的时间与空间与你出发地的时间与空间没有联系。如何度过世界没有你、你没有世界的这段时间？他选择用来看书。把注意力集中到书本上，书里提到的各种名称也使你相信，你的思想现在正飞越什么，而不是飞越真空。

这当然十分美好。然而，生活中我们真正身处长途机舱时，看到的多数是这样：开始时大部分人还不睡觉，年轻人正襟危坐摊开 iPad、iPod 和一

些简易型的笔记本置于双腿之上，或者座位前的小桌板，又或干脆把它们斜插在前排后背的布袋上，开始看三四个月前影院热播卖座的电影，玩扑克或者某射击游戏，安静的女孩儿则戴着耳塞听音乐。年纪稍大的阿姨大婶们则更加酷爱聚集起来大声地交谈。她们一般是那种街坊朋友邻居老相好什么的，约好一堆就报名参团旅游了。碰到这种邻座最头疼，你要忍受那些音量硕大的、丝毫没有信息含量的对话内容，她们往往热衷对比各自为此次旅行新买的 adidas 旅游鞋，情动处甚至抬脚脱下让同伴亲验鉴定，彼此交流风油精涂在哪个部位最祛风，上一次共同旅行的餐标，展示数码小卡片里的风光照，防身用的现金塞在了哪只袜子还是内衣里。总之，你看得出她们是真正的旅者：准备充分、考虑周到、向往美好、热衷分享，并且旁若无人、百无禁忌（虽然你脑袋已上演过无数次冲上前去、推倒她们、把她们反手绑在座椅靠背、用纸团塞住她们的嘴、抽她们的脸等等一系列的内心戏。一些不太健康的心理比如鄙视、愤怒、羡慕或将油然而生）。相比之下，你低头瞥见自己的豆豆鞋，联想到悬挂于头顶的简陋的行囊，以及落在房间洗手台上的洗面奶，顿觉黯然失色、体无完肤地败下阵来。还有一些大叔，他们本也不算让人讨厌，但当全世界都安静下来的时候，你很快会在人群中（姑且把一切飞行中和你同行的旅客都叫作人群吧）精准找出正在打呼噜的那大叔确切的座位。——我是说，我们的同胞们在飞行时间阅读的的确很少很少。除非是什

么一眼就能看出来的商务人员、知识分子、官员政要，或者像我这种时刻怀揣文艺少女心、旅行时名正言顺给自己阅读机会的人。

然而，我有几次飞行中，的确看到过那种特别受感染的阅读。有一回，白天在卡尔加里飞往温哥华的国内航班上，我旁边是一位 50 出头的加拿大人，我坐靠窗的位置，他坐靠走道。因为是两座一排的小飞机，这让我在狭窄的空间所能顾及的范围极其有限：我除了偷偷观察他，几乎没别的事可以做。我注意到，他自整理好座位坐下来，便掏出一本挺厚的书，他的手指细长而干净，没有一点皱纹，他用左手搭在书的一边，另一只手托着腮部。他的神情是平静的，几乎可以说是没有表情的，我很难通过他的神情猜测出那本书的内容，但是一定非常吸引他。透过眼角余光，我感觉到他只在那个 32 开本范围内移动的目光，以及书页被翻过时轻微的声音。于他而言，我及机上其他人员，似乎根本不曾存在，他的空间只有他的思想与那书并驾齐驱地飞翔。最后直到飞机要降落，乘客系好安全带，他才把书装起来。这时，书的内容于我已不再好奇，我也再未感叹天空为什么这么蓝，整个旅程，我从揣摩他，甚而到揣摩那本书、揣摩那本书接下来的命运，声色不动、安静且有劲，如沐春风里，我似乎也享受到了一次愉悦的阅读洗礼。

唉，这真是个十分美好的邻座啊！

Tips:

虽说书籍和音乐是我生活中难以离开的伴侣，但旅行途中，我很少带书阅读，也极少听音乐。打发长途舟车机舱内的无聊时光，我要么睡觉，要么闭目养神，脑袋可没闲着，它在漫游。我热爱在这些时候回忆、想象、忏悔，以及作一些计划。有些女明星或美肤达人什么的，喜欢这时在机舱做面膜，我极少这么干，觉得敷面膜和上洗手间、穿文胸、挖鼻孔、掏耳朵一样，是极其私人的事情，若要在公共场合旁若无人地进行，始终不那么习惯。但我可以素颜、披头散发、穿着随便。解决长途机上的皮肤干燥，我的方法就是多喝水，随身带一支50ml的玫瑰水喷雾，塑料瓶身轻便小巧，50毫升能过安检也刚好足够一次旅程来回喷完的量。乘长途飞机其实非常消耗体力和精力，狭窄的空间不宜久坐，应多站立在过道行走，伸展四肢。保持足够的睡眠对我来说太重要了，因为只要休息不好，眼睛和神态必然显得疲惫，拍照不好看，对陌生的向往和好奇也会大打折扣。每一次下飞机前，我都希望自己以像周日上午刚刚睡醒那样，以饱满的状态奔赴首个目的地。

许多人出行，会带上当地的攻略孤独星球啊什么的，厚

厚一大本，必要时翻上那么几页，那样看起来的确是很酷，但这类书我一般都在动身之前就已阅读完，胸有成竹、轻松地出发是我习惯的方式。如果一定要阅读，我会带一本可以反复阅读的当地作家的诗作，既轻松阅读又能感受身临其境的诗意熏陶。至于听音乐，那完全是个人口味问题了，我独自旅行的时候基本不戴耳机听歌，因为担心自己睡过头，或者担心耳塞的声音掩盖了真实世界的声音，也担心错过倾听大自然的机会。戴耳机开很大声音，让自己完全沉浸在音乐中，的确是种很美妙的方式，但要警惕意外的发生。比方说过马路就一定不要戴耳机听音乐，有些汽车喇叭和口哨声一定要注意到，否则会造成意外，给旅途增添不必要的麻烦。

一次旅途中，我只能为你阅读一本书，封面是蓝天，封底是草原。

我只能为你拍一张照片

在拍照这件事情上，我似乎从未好好打量过自己。有些人的拍摄一眼就能被断定出风格，抽象的、纪实的、商业的、艺术的、日系的、欧美的、小清新、重口味，或者别的什么标签和符号……让我想一想，我的确不能为我的拍摄界定一个很明确的概念——时而，我觉得自己需要尝试一种像讲故事般叙述式的拍摄方法，时而试着运用更为温柔的图片处理方式，时而又单刀直入不假思索任天时地利巧合地构成，如此种种，可以说，不确定正是我的特点。我还曾顺便把这种“不确定”叫作“胡来”。

我时常推翻抛弃平日固有的拍法，因为我觉得生命和生活就应该是这样丰富多彩。只有一点是非常明确的：我极其热爱人像的拍摄。这在我旅行拍摄的照片回放中尤其能体现。

每到一个陌生的地方，我的目光首先寻找的是那里的人。——几乎从一下飞机开始，安检口，边检员的长相和风度，出租车司机的肤色，酒店服务生的微笑，小镇沿街拾荒的乞丐，商店门口孕妇的裙摆，冬天穿短裤的小孩，当地华人身处异地在脸面上的微妙体现，种种这些，对我都有无比的吸引力，仿佛只要多看他们一眼，我便了解这个地方多一点。我迫切想要看到他们的眼睛，急切想要知道他们急速

出现在我眼前时的神色。我甚至想让他们开口！因而捕捉这些完全陌生的、与自己毫无干系的strangers，对我来说便变得有趣和必要。因为他们真实、唯一，真实地出现在我的视线范围内，只在彼时彼刻出现在我身边。我们之间谁也骗不了谁，谁也带不走谁。像上天安排好的际遇一般，完全让我迫不及待地将他们捕捉进我的镜头里。

湖泊那么蓝，空气那么清新，群山巍峨高耸，然而他为什么悲伤？夜凉如水，街上无比冷萧，但她何以感到欢快？伴随千年庙宇亘古河川的，难道只有遥远的传说？那些讲过故事的人呢？我们因何成群结队仰头远望站立于此？你们和我一样飞翔万里远道而来吗？都是谁令你的家园变成今天这个样子？所有这些我好奇过的问题，都是和人有关的。这些人我说不上是不是就是我那些问题的主人，但他们必定是有关系的。我感到非常的幸运和珍惜，我想把在那个土地上见到过的一切人物统统抓进我的相机里。

于是，你们看到，威尼斯桥上有扎了精致小辫子身穿海军条纹衣女孩儿的背影，伊斯坦布尔圣罗兰教堂内正做弥撒的妇女，急速驶过牛津校道的超短裤单车少女，布拉格小巷自家门前掏钥匙准备开门的老者，爱琴海游船上日落黄昏下全心阅读的男子，雨天爱丁堡音乐节上打扮复古优雅的女王，苏黎世街头寒风彻骨具有杀手气质的老伯，亚欧大桥脚下那对自拍困难的甜蜜情侣……

我和他们之间也许互相凝视过，还交谈过几句，他们中的某个对我的口音或别的什么也十分好奇，也许他们根本没发现我，也许我当时也没注意，回家洗照片后才看到……这些，都让我感到喜悦和兴奋。这些啊，都是我旅行的收获，都是那个城市那个地方那个小镇那条山脉那个湖泊那段公路那个国家公园那个教堂留给我的最好的礼物。

就像这样，每一次，我反而不那么急于先去框住那些名胜古迹，中古世纪的建筑、雾中横跨的塔桥、“二战”纪念碑、某个短腿皇帝的官邸，以做我到此一游的证据。世界是那么的相同，相同到每个地方的人都是一只鼻子两个眼睛渴了要喝水唇红齿白的就是美女；世界又是那么不同，不同到每个地方的人的的确确长得不一样，不相信我可以把照片拿出来给你对比！

……

“你好，我，今年 × 岁，我来自东方，嗯，有长城的那个地方。”

“我喜欢你的牙齿。”

“嘿，小宝贝！我真想跟你握一握手。”

“再见，也许我会再来看你的。”

我试图比画，甚而启齿，最后还是选择睁一只眼闭一只眼，举起了手中的照相机。

在一次旅程里，我只能为你拍一张照片，擦肩而过的偶遇只有一次，你甚至都不晓得当时自己的样子。但你那时候的漂亮模样会在我的硬盘里躺很久——久到我始终没有办法通知你。

这听起来多少有点儿伤悲，但的确：人海茫茫，你在远方。我只能为你拍一张照片。

Tips:

关于旅行中的摄影装备，我最常带的是一台数码菲林机。数码相机过去我用 Canon 5D，现在用 Canon IDSM3 和 Leica 的 M9。菲林机 120 的我有 Rollei 2.8F 以及 135 的 Nikon FM2。就我个人的经验，我习惯带 Canon 数码配一支 24–70mm 的变焦，定焦摄影虽有它的画质优势，但在旅行中，变焦比较能满足快速灵敏捕捉的需求，它能让你不错过远近任何一个吸引你的画面。我不大主张带很多镜头出门，一来因为女性个头不大，拎太重不方便行走，也容易弄丢，而且很多画面不容你多作犹豫，来不及换镜头，就一闪而过了。菲林机我时常带 FM2，一来 36 的张数比较适合携带，不需要像 120 卷 12 张就得又开机上卷耽搁时间，另外 FM2 有个非常简单的对焦方式，操作极其便利，成像效果也非常适合旅途拍摄。菲林要提前准备，我不习惯带太多，基本两天一个卷，比如我待 20 天准备 10 卷左右就够了。出门在外，轻松安全是首要，我时常见到一些驴友背着大背包,里面装满各式机身和镜头,手里还举个小白IS,好像老远过来卖器材，看着就头大。其实亲爱的，你手里已有的相机就是你最好的伙伴，它在同类产品中的排名并不太重要，重要的是相机后面的人，即使是小数码，拍之前也要多构思，不要急于摁下。另外拍摄人像有几点很重要：不是所有人都愿意让你拍的，最好不要惊动对方，万一被发现而对方又有反感之意你必须报以微笑道歉。尽量近距离拍摄，我是很喜欢凑到人家鼻子跟前去的，虽然有点不礼貌，但是我会提前跟对方打个招呼，用微笑和对话让对方放松。

我只能为你寄一张明信片

一开始，每到一处地方我都买几张有强烈的当地特色的明信片，在当地分别寄给朋友和自己。经过了漫长的一二十天的旅行，回到家，我会陆续收到朋友激动开心的信息，说收到了我从某地寄的明信片，说谢谢我，好像他们也到了那里一回一样。每当这时，我就觉得非常高兴，很多朋友长年疏于联络，有时甚至连短信什么的也懒得发了，久而久之，变得生疏和遥远，但突然收到有我亲笔书写的来自遥远彼地的明信片，只字片言，着实令他们惊喜。我有感受过那种惊喜，所以非常珍惜那些带有各地邮戳的小小的卡片。有时候往往是我人回到家很久很久，久到我自己都忘记上两个月在某个潮湿的某城的某条街给自己寄过明信片，它本身航行过的时间和路途一定比我本人的行程更坎坷迂回，这种时间差和空间转移，再加上它依然来自你熟悉的某次记忆瞬间的感觉实在是很微妙的，它传递了真挚的记忆和心意。

后来，久而久之，我开始把自己以往在世界各地拍下的照片制作并印刷

THE OLD
JOHN PEEL INN
THE OLD
JOHN PEEL INN

成明信片，跟随我的旅途带在身上，我依然会买当地的明信片寄给自己和亲友，但同时也把自己的明信片夹杂其中，寄给别人。一来因为我觉得很多国家的明信片还挺贵的，比如欧洲很多国家都是 2 欧元一张，还是印刷粗糙的那种，精美讲究点的就要 5 欧甚至 10 欧以上，买个四五张就几百人民币；二来因为我常常有那种混搭各地的心情，觉得非常奇妙有趣，比方我身上带的是上一年在北海道花田拍下的卡片，而后来又携带着那卡跑到京都盖了当地的邮戳，再携带回广州，次年在罗马的旅途中寄出去，这张明信片就这样夹在我的记事本里跟我跑来跑去，被携带、被托运、被取出、被塞入、被印满我及邮递员或其他人的指纹，在当地小旅馆的床榻前、在机场，最后分别在某个邮箱。我觉得明信片本身的经历和来去就很有趣，它们有时甚至比我走过的路还要多还要曲折难寻，我感觉这薄薄的卡片始终在默默遵循你的心意，向着一个目的地，翻山越岭漂洋过海，承载些许或淡或浓的情感，很忠实地在执行发送人的嘱咐和期待，且最终加以兑现。它本身，真的是一件很美好的东西啊。

围绕着明信片，发生过许多有趣的事，我后来在网络直播旅途趣事的同时，萌发了给陌生人寄明信片的想法。后来，我在我的网络日志上，贴出想要我旅途中寄出的我自己的摄影明信片的朋友，

就往我邮箱发自己地址的通告，结果反响超乎我想象的热烈，很多来自不同地方的朋友，通过网络看到我的摄影作品，对我寄自己明信片的举动产生了强烈的兴趣。他们积极地跟我索要，以至于后来我每次几千张几千张地重印都不能完成，印刷、写字、贴邮票、寄出，寄给某个你完全不认识但对方知道你的陌生人，这种感觉既新奇又真诚，但也真的是把我活活给累死了。但这种状况断断续续坚持了三四年，当时玩耍的那个网站，随之也有许多有共同爱好的朋友像我一样做起来，有段时间，寄自己印刷的作品的明信片几乎成为流行。现在的我，很少再大量给陌生人寄明信片，但我依然记得那些给我邮件的陌生人的话，有些陌生朋友会跟我说他的女朋友非常喜欢我，能否在生日的时候给她寄一张明信片；有些我不认识的朋友收到我的明信片后挂在家里墙上，被另外一个也喜欢我的她的朋友去她家的时候看到，于是她们很想告诉我，诸如此类。我在想，我和这个世界分享的，其实并不只是我自己所亲见过的美好风景，在更加漫长的岁月里，那些卡片和图像所承载的，也许比我本身想要告诉这个世界的来得更多，停留得更久远。

一次旅行，我只能为你寄一张明信片，让卡片的颜色、倾斜排列的笔迹、邮票的形状、邮戳的味道、折痕的深浅代替我，来跟你细数关于这个世界的不同的美好。

愿你被世界温柔相待——关于拍照

关于拍照，我依然没有所谓的风格。很多人问我，你是怎么拍照调色的？其实我真的回答不上来，每张照片都有各自的灵魂与气质，我绝不用单一的手法去处理它们，而有些照片仅仅是原图就很好看了，然而明白这些的人实在太少。有人总在研究我的P图方法，早在POCO的时候，就有人自作聪明地把我的风格归结为“低饱和”、“加暗角”等，实在是自作聪明。事实证明，我还不太需要自己的风格，我要做的就是去探索，探索。说这些，其实也不是标榜自己什么，而是觉得，摄影这件事，即使像我这样

随心而拍不是用来讨生活的，也是走不得半点捷径的。我是说，这一切的一切，形成于你身上的所谓风格或别的什么，真的只有你自己踏踏实实一点点地去自我发现才行。

与其花时间来打量我的图，倒不如多花时间去反思，为什么你不能通过自己的视角去挖掘和捕捉？

之所以这么说，并不是把自己放在一个什么样的位置，去跟什么人讲话，我一点资格也没有。

也许更多的，是期望自我的勉励，自我的振奋与鞭策，自我的寻找发现。

与过去相比，我现在更趋向于记录自己，趋向于置身不同环境中自我的对镜凝视。因此有时候拍姑娘时也难免塑造成另外一个自己。这是很习惯性的一个行为，通过别人来更加认识自己，这件事情太有趣了。

另外，因为拍照，我认识了许多有趣的人，他们当中有些未必能拍好看的照片，但是他们可爱得要命，他们给我的生活带来真实快乐的元气，从他们身上，我获得了许多比拍照更有支撑和力量的乐趣。虽然现在，他们有些不在我身边了，有些不再联系了，但他们曾经真的有影响到我，我希望在我的每张照片里，都有美好的影子，你还记得一起开心说笑拥抱哭泣的我吗？让它们去跟曾经的他们说话吧。

因为你知道，它们无论形状，还是传达的气味，都比我本身，在这个世界上存在得更久更久。

我也时常收到一些质疑的反馈。

事实也是，我把很多个爱笑的甜美姑娘，拍成了没有表情的一个人。

有个姑娘很爱笑，没见她之前，看过她一些照片，都是笑得很明媚的。

这当然很好。但我这次把她拍成了一个没有表情的人。

只是，我为何爱拍不笑的照片呢？

我遇见过许多人，他们左右逢源，笑里藏刀，笑也并不因为快乐着。

然而我呢？我不感动你，也不诱惑你，随便你。在我看来，没有表情的脸，才是好的。因为它更像一张透明的纸，深谙黑与白的界限。它至少代表一种诚恳。但是对这个世界来说，诚恳又算得了什么？不过，我想把这种东西留给我自己。许久以来，我固执地以为，笑是要留给面对面那个人的，那种真诚以对的直面，只留给就在我面前呼吸同一密度空气的那个人。

这大概也是为什么许多人见到我真人，觉得我很亲切，并不像照片上那般冷淡的缘故。

曾经他跟我说，你要多笑，你笑起来太好看了。我于是当了真。我只在他的面前笑，还有在我觉得我必须认真对待的朋友、亲人的面前，我才会笑。我觉得那种能被对方触摸的笑才是珍贵的。

你当然可以任意喷我。我依然保持照片里没有表情的频率，不管是我拍别人，还是别人拍我。因为，我知道我跟对方 face to face 的时候，我们彼此的笑，是那么动人又真实。我会因此记住那段时光。

谢谢你们啊，质疑我讨厌我的人。我没有你们想象中完美。我的破碎比你们见到的还要多。

只是，我会把我最真实和最温暖的笑和诚实，留给值得对待的人。

带着真挚去旅行——
如何成为一个受欢迎的旅人

无论是有旅伴的出游，还是独自出发，对我来说，旅行是我获得新知的重要发源地，也是我抽离原地生活，快速体验这个世界其他生活方式的宝贵阅历。因而，安全、愉悦、身心有收获才是旅行的目的。

毫无疑问，我们在旅途中寻找的，一定不是欺诈、丑陋、粗鄙、恐怖的奇遇，谁都想让自己成为一个受欢迎的姑娘，谁都想要在陌生的地方被真诚和美好地对待。旅途中，说到底还是离不开与人的相处，但是这种相处与你之前所在的你再熟悉不过的一成不变的生活不同，你将更大范围、更高频率地接触到不同领域的陌生人。这些你之前丝毫不了解的，甚至一辈子只会见上几秒的陌生人，对方出现在你面前的模样，其实间接决定了自己这次旅行的身心愉悦度。

我觉得作为一个女性，最重要的是要独立，懂得自尊自爱。无论是心理、精神抑或人格上，始终要觉得自己是一个个体，凡事先考虑自己解决，有自己的主见和想法，在生活中如此，在旅途上更是。自己能做的事情尽量自己做，不要觉得自己是女性别人就要让你、帮你，他们都没有义务，即使对方是相约同去的亲密的朋友。如果有人愿意帮，你应该觉得感激和幸运，应该想办法在对方需要的时候给予相应的帮助，拥有了共同、互助关系的旅途，身心必定轻松愉悦。不要太过计较微不足道的得失，能背的包尽量自己背，自己能爬的陡坡尽量自己爬，少给旅伴增添麻烦，因为对方也有自己的行李，也要爬同样的坡。

有了独立和自尊自强的前提你会发现，很多时候，我们的内心深处其实

都是渴望去帮助别人的，这并不是为了展示自己的优越感，而是你可以不花费一分钱而给别人带来愉悦的感受，并被回予微笑和感激的表情。这种愉悦往往能陪伴自己的旅途走很远，但是这种热心一定要以安全为前提，也要注意提防和识别他人，因为脱离你原有的生活环境后，并不是所有人都会以诚相待，外面的世界有时也险恶。

此外，女性在旅途的衣着打扮也十分重要。我是一个十分随性的人，平时几乎不化妆，从发型妆容到衣着，崇尚自然天然舒服的状态。但我十分爱美，到了旅行的时候，更会极其注意自己的仪表。女孩子出门在外，不管是

单身还是结伴而行，都应以安全、健康、美观为首要，切忌太暴露、夸张和累赘的打扮。要根据旅行地的天气情况结合自身条件，善于搭配，简洁行装。一般来说，旅行中一定会拍照，因而我们都该选择一些色彩鲜艳的服饰，那些生活中看起来质感、剪裁非常好的黑灰棕褐等上等料子的服装，并不适合旅行穿。但我极其不喜欢那些很正式的运动衫、脚踏跑鞋之类的运动装，那

样给人感觉过于死板，亦有刻意的嫌疑。我们现在真正走在路上的旅途，极少是需要那些快干材料根据人体工学等设计的产品的，当然，去西藏南极什么的爬山探险类活动除外。我的意思是，我喜欢在旅途中适当地修饰自己的仪容，体验平日里少有的打扮，让自己穿得好看和舒服，让自己成为异地美丽风景里的一个点缀。我喜欢这样。

打开自己的心扉，放下平日生活中，因各种角色关系扭曲冷漠麻木的面孔，保持平和开放的心态，时常微笑着去对待旅途中遇见的形形色色的人。许多人跟我说自己不好意思和陌生人眼神对视，更不要说那么近距离地拍摄他们，我时常面带微笑地对待每一个与我对视的陌生人，老人、小孩、帅哥美女，甚至乞丐、警察。微笑是全世界共通的语言，它传递的不仅仅是你的善意和自身面相最柔美的一面，更是一种获得对方接纳和开启沟通之门的有效手段。这个方法我几乎是屡试不爽，对人微笑，传递出去的信息就是温暖、亲切、美好，对方往往很容易被这种完全陌生但又突如其来的清冽所感染，人与人之间的距离一下子就缩短了。而且，这一切愉悦回报，一分钱都不用花。

那些旅途上遇见的人，也许真的是一辈子只见上几秒就再也不会见面了，我们留在彼此记忆中的样子，永远就是相遇时的样子，就像歌里唱的“只是为了在人群中多看你一眼”。永远要记住：旅行不是关于在外地看到什么风光、品尝到什么佳肴、消费了什么纪念品，不是你带了什么行头的行李，不是花费了多少假期和金钱，不是你拍回多少张漂亮的照片，不是追逐飞行公里数及护照本上的印章页……旅行其实是关于你在什么样的年纪站在哪里，遇见过什么样的人，你的感觉、想法，你关心和发现的新东西，你和别人的生活方式、观念的排列，你和你未知的那个世界的对话，你和自己内心的发问。所有这些，需要我们带着真挚去寻找，不管是旅途和人生，收获一定会很多。

媒体专访及部分专栏

M.O.K 杂志文字专栏及媒体访问节选

一切时尚都是纸老虎

《花溪》2012 年 3 月刊〝胡来〞专栏

在回头翻阅自己10年前、5年前、3年前的照片时，时常会被自己当年豪情万丈的发型和衣着打扮深深地雷倒，心里暗叹：“当初我怎会如此山炮啊！” 人的身体、心境，甚至价值观，都是在随着年龄、环境和对这个世界的认识而不断变化的。被时代潮流追赶的日子，我们都有切肤之痛。

所谓时尚，人人都在追逐，却不是谁都能得体驾驭。我们不是Lady Gaga，不是维多利亚，更不是戴安娜。在我看来，普通姑娘穿衣打扮的极致段位就是能根据场合穿与自己年龄相符的衣服，得体别致，令人难忘。一切过于夸张、奢华、哗众取宠的打扮，迟早要被时代狂潮无情揭露，沦为多年后我们怀疑自己曾经智障的铁证。

而所有服装，几乎都是为那些有着高挑挺拔身材的人设计的，这是铁的事实，不是你有张漂亮脸蛋或满腹经纶通身才艺就能改变的，这是矮姑娘胖妞们哭死也于事无补的心疾。

尽管如此，还是有许多更为普通的人，能凭衣着打扮迅速在人群中显现自己的光芒。现在微博上红到不行的韩火火，不唱歌不演戏不写酸文不骂人，干瘦干瘦，顶一鸳鸯头，眉毛不知是特地烧掉，还是营养不良长不出，见到他就像见到戈壁滩上可人的草泥马。人家对穿衣打扮的确有见解：单肩斜捏（注意一定是“捏”）各式大牌女包，专挑各种女性化的动物纹、皮草、坎肩、细腿裤、尖头鞋（要知道，这些单品气场稍微弱些的女性都很难驾驭）；大量同时（必须要“同时”、“大量”）佩戴各类设计奇美的指环手镯皮带项链等金属饰品突出细节，是机场安检时嘀嘀嘀嘀扫描门响个不停被拦住重点搜身的对象。

香港音乐人黄伟文，搁平时看就一微胖界的中年秃顶男，街上走过让人都懒得看一眼，然而他身上无时无刻不充满精心搭配的亮点，给人留下“男人也可以这么穿”、“好像也不讨人厌”的印象。在衣着上花那么多巧妙心思的人该是多么地热爱着生活啊。还有徐濠萦，刚开始的她还是刻意在乱搭，我猜她也在捉摸，毕竟从歌神阔太到时尚精英的跨界角色转变不容易，但终也逐渐构建了属于自己的时尚基调。还有当下爆红的台湾“Hold 住姐”……

和他们相比，我们这些永恒黑色保险款的平凡人简直弱爆了。所以说，穿衣打扮说到底完全就是自己一个人的事。只要是自己真正喜欢的东西，管他英伦风森女 feel 优雅复古 look 或我这种“身残志坚”的胡来派，只要在不断重复的生活中勇于坚持自己对美的追求和热爱，无论是生在年代久远的过去，还是活在变幻莫测的将来，都不再惧怕被活色生香的人潮所淹没。

一切时尚都是纸老虎，祝你在人群里走过的模样久久不会被忘怀。

鞋魔

《花溪》2012 年 4 月刊〞胡来〞专栏

我有个不好的习惯，特别爱买鞋。我家不大也不小，6 层高的鞋柜有两个，拼起来大约 3 米长。上面密密麻麻摆满了各式鞋子，我根本说不上自己到底有多少双鞋，因为鞋柜外面，仍然是我的鞋子，以至于搬家或者每次我说到要攒钱的时候父亲首先就说：“你不要再买鞋了。”

真不想把自己称作“恋鞋癖”，一般说什么癖的都是人格心理上病态的啊，然而究竟有多少年轻姑娘是鞋魔？——明明只有一双脚，穿上鞋又不会飞，但却总是为之痴迷。

脚是身体一个最重要的部位，它托起、支撑全身的移动，亦是视觉的起始点着落点，更是服装搭配打扮的关键。既可以说它是细节，又可以说它是重头。一双优质的鞋，是时髦装扮的基础和制胜法宝。不夸张地说，鞋子能破坏毁灭又或扭转提升整个服装搭配的品味，无论男女，选择穿什么样的鞋子直接决定了个人的气质与品位。脚踝处又是一个女人散发婀娜摇曳气息的重点部位，往往不经意间，就泄露了主人的年纪、性格、喜好、魅力甚至一些暗示。因为那双鞋，她像被徐徐的晚风吹送，像舞动的蒲公英飘落轻降在你身边；因为那双鞋，她像蜻蜓点在湖中心，掀起了碧绿的褶皱；因为那双鞋，她像赤裸天使裹了浓浓晨雾，盘旋在半空。

所以我会穿 H&M 90 块的衬衫 200 块不到的裤子，但绝不买它家 299 元的鞋子。——道理很简单，我愿意花更多的钱拥有一双质量上乘、穿着舒适、款式时髦的鞋子，它必定来自历史悠久、选材精心、制作考究的专业制鞋品牌。

而高跟鞋在鞋中又有着舍我其谁的绝对地位，它几乎代表了女人：性感、自信、高傲、独立、脱俗。穿上高跟鞋，似乎就把女人与天堂的距离拉近了几厘米，它使一个女人完全地生动、梦幻起来——陡坡不再是陡坡、泥泞不再是泥泞、荆棘不再是荆棘。穿上高跟鞋，统统都变成了天赐的礼物：她们会小心翼翼弯腰垫膝走好每一步，就像在走青春的路。

高跟鞋虽好，却不是每个人都能 HOLD 住的，像我，也喜欢买，但老被绊倒，且因工作的缘故，我更喜欢穿平底鞋，各种舒适的平跟鞋让我在旅途拍照时也毫无顾虑，享受它们“不存在”但默默陪伴的支持。每个人都应拥有这样一双好鞋，因为它会带你到最美好的地方去。

有了好鞋，把它们穿美的方法有一万种，每个姑娘都能自己发明创造演绎好。秒杀路人的方法还有这几种：鞋跟或鞋面沾有干泥尘土、凉鞋露出粗糙皲裂有伤疤的脚后跟、脚指甲残破坑洼、丝袜有破洞、用鞋底踩自己吐的痰液然后去碾自己随手扔下的烟蒂……

如何在一个陌生城市留下印记？爱一个人还是买一双鞋？如今世界，爱已成奢侈，回头看默默陪伴多年的，是自己脚下的土，倒不如买一双鞋，女人这条路并不好走，所以我们更需要一双好鞋，摇曳着随心走停，去看更多好风景。

森女难做

《花溪》2012 年 5 月刊“胡来”专栏

多年前拍照，认识了一个气质独特的女孩儿，每回见她总是素颜，身上毫无庸脂俗粉味。说不出为什么，人群中大家都会被她吸引。她的五官不算精致，皮肤不大好，有淡淡的雀斑和眼袋，身材适中，偶尔还有点儿小驼背，粗看其实并无过人处。但和许多人一样，很快我被她整个儿迷住：她有一头又直又光滑的中分长黑发，就像《101 次求婚》里浅野温子扮演的那个交响乐团大提琴手矢吹薰，长发白肤，温婉安静；身上时常是色彩缤纷又宽又长的棉质碎花衣，永远平跟的鞋，喜欢大披肩、超长围巾，佩戴各种复古、二手扣子、羽毛等天然材质制作的饰品。素素的脸，表情从不夸张也不刻意掩饰，说话不紧不慢，眼神天真、专注倾听，自然不做作。后来又知道她爱手作，会做各种布艺小东西，她身上的碎布拼接长衫和裙子，许多是自己 DIY 的。同时她又是混搭先锋，敢于打破常规地自我设计。

我们很快成了朋友。得知她年纪不小已为人妇时，我惊讶于她身上依然散发的少女青涩与清纯的气味，同时深叹气质是种多么珍贵无比的东西。

后来我才知道，像这姑娘这种崇尚简单，喜欢民族风服饰，不盲目追求名牌，生活态度也很悠闲，打扮得像是从森林中走出来的女孩就是时下少女为之疯狂的森林系女生，简称森女。风格打扮上，苍井优和宫崎葵就是日本森女的典型代表。高木友美的小说《嫩芽》中身为森女的主人公莉美就是这样：穿一袭染着碎花的白色及踝长裙，类似的长裙挤满了她的衣橱，即便是冬天，她也不愿意让那些花朵凋零。

森女崇尚自然、舒适、低碳，时常安静地阅读，还爱随身带着相机，记录身边的琐碎美好，享受当下简单幸福的生活和成长。

这种风格的打扮，说到底其实不是啥新奇东西，20 世纪六七十年代 Wood Stock（伍德斯托克音乐节）草坪上那些打赤脚的嬉皮花朵女孩几乎就是森女的鼻祖。再后来本土时尚媒体铺天盖地对森女概念宣传和炒作，淘宝一眼望去尽是贴了模仿日系森女图廉价粗糙的日单，内容无非是扎了花苞头穿了小碎花卷了睫毛戴了美瞳染了黄发扮了无辜站在树前卖了萌的美女照。作为一位资深女性人像摄影爱好者，我对这些已感到深深的厌倦。

只是，每回想起那姑娘，想起她嘴角那从容的笑意，我都从心底里感到舒服和美好，淡淡的，轻轻的。那种心情是愿意马上坐在对方跟前与她聊聊天和她吃顿饭，跟她一块做一些平凡的小事情。我想，真正迷倒我、令我久久不能忘怀的，并不是这些森女式的打扮和爱好，而是她那种千金不换与生俱来不易改变的性情和风骨气度，是她长久的内在修养的一种体现，是深深渗透到生活中的每个时刻的细节，还有持之以恒的结果。

森女难做，所以那些出门化妆半小时蹬着恨天高挎海外代购小香包暗暗盘算如何虏获高帅富芳心的姑娘，还是早点死心吧！

横亘时空复古范

《花溪》2012 年 6 月刊“胡来”专栏

暂居武汉，也许是这个城市的气质本身就有复古一面的巧合，我时常见年轻姑娘精心别致的细节装扮，比如粗跟凉鞋和斜纹袜子搭、别致的首饰、性感的镂空蕾丝、大量撞色、乌蝇黑超等等。还有四五十岁的阿姨，不知是时间真的停滞在时光黑洞中还是她们本就深谙复古文化的精髓，我时常看到她们轻松驾驭着上世纪三四十年代的呢子套装裙以及各种高耸盘发、赫本头、猫样眼线、珍珠项链昂首阔步走在有点儿破旧的大街上。这情况其实在我住在伦敦时也碰到。气势恢宏又旁若无人的样子，有时候，忍不住要多看她们几眼！

对于复古，完全算不上达人，但我挺喜欢这种穿搭文化，许多元素都让我想起一段有趣的时光、好看难忘的人、别致特定的文化。它们的存在在过去、现在和将来皆耐人寻味。有人把 vintage 直接等同于二手、仿旧的概念，其实不合实际，刻意追求二手或仿旧，未免机械和造作。平凡女性利用新的表达方式来展现老式风格时装，创新复古的搭配过程才带劲：把一些很老的东西、搭配、或审美情调放在现今身上来看依然美好，心领神会乐此不疲喜欢着自己横亘时空的模样。

带浓郁旧时代风格元素是 vintage 的核心。成功的复古形象禁止平庸又不能让别人难受，因此很考混搭功力。像我这种爱看旧电影的人，很容易就沉迷于上世纪中期的美好时光和优雅风情，旁若无人的性感和自我。比如梦露的红唇、佩斯利花纹衫、连身衣裤。我钟爱的 icon 是图案神秘的花衬衫、深色甲油、首饰、棕色牛津鞋与古董学院派牛皮手提袋。我不是 vintage 高

TRADITIONAL ENGLISH PUB
RUSKIN'S
MODERN BRITISH FOOD
CAR MANIA

段位选手，更多时候只将复古作为点缀出现在自己的装扮上。比如穿简洁翻领衬衫的同时大面积搭配复古项链、戒指或耳坠。就是说，我不会穿印花图案连衣裙同时戴夸张的羽毛头饰。朋友会喜欢我的衣着风格，但又说不上是哪种特别的东西，我不太是那种一出现就很明显今天复古了的那种。少量的保守意味着安全，因而没出现过旁人完全不能理解的状况。

国外有许多古着店，如巴黎马黑区 le marais、brocante 有很多，我常逛但甚少买，一来好的喜欢上的价格比较贵，二来码数基本不合适。我爱淘戒指项链耳钉手表，收藏很多但不常戴。鞋子也是。在二手店里看到喜欢的款式我会在高街品牌寻找类似款；也会浏览一些著名古着网店，参考里边的单品和搭配；遇到异常喜欢但无法得到的偶尔买布画图然后去裁缝店山寨一件；我也手作过 vintage 帽子，或在原有单品基础融入自己品味和态度，改造出 vintage 范儿的独家头饰。总之路子走得比较苦逼。

还记得第一件比较昂贵的 vintage 单品是在美国很有名二手店买的一个包，它的年纪甚至跟我一样了。它在生活中并不是那么好搭，但当时非常喜欢，也算是孤品，很难得。现在就收藏着，尘世并不总是美好，我时常会拿出来端详，抚摸它身上的纹路，尝试揣摸上一个主人的心事，仿佛也是另外一种心灵的满足。

复古文化风格多元化，如 Pinup,Mods,American retro 等。相对于那种甜美夸张跳跃，我更钟情帅气简洁线条的设计，复古中创新，带点时髦、劲酷和不那么繁琐的穿法。像有圆帽、高腰、四分三袖这些元素的 New look 就很适合我，神秘优雅、女人味十足，我爱到不行。不管哪种风格，细腻干净的妆容以及整体的协调很重要。

穿越时空弄不好就容易被看做落伍闹笑话。清楚什么最适合自己是关键，同时还必须有强大的内心，只要认定那个样子是自己喜欢的就别在意别人看法，敢于尝试和坚持，把对旧时光的怀念和敬意巧妙无声息披露在自己的身体发肤，让它们散发自身的文化气味和讯息——无论对陌生人还是身边朋友而言，你都是独特的而有智慧的，这是再美好不过的事情。

环球旅行摄影师 M.O.K：忠于内心的胡来

《赢未来》2011 年 5 月刊 PEOPLE 专访 P.38

文：楚天白

我在帕特雷往圣托里尼的游轮上，跟一个希腊老头用才学会的蹩脚意大利语连带指手画脚天花乱坠地聊了一小时。他首先问我叫啥名字，我想了想，随口说了句"Rose"，对，我叫肉丝，这名字再适合不过在船上叫。我接着想问他是否叫杰克，可我没有。因为他知道我来自哪儿后便迫不及待地跟我说他去年到了香港到了黑龙江哈尔滨，我说你下回来广州我带你去吃火锅怎么样，他说那太好了他还没去过广州呢。他的名字我实在不会念，卷舌得厉害，中间还突然停下来。我们最后还吹了一下各自的烹调技术，我估计他也是乱说的，因为安坐两个多小时的船，实在是无事可做，他看我也是无所事事的样子。太阳很猛，大部分人在睡觉，有些意大利人、法国人和德国人则在露台上喝酒暴晒，女人露出硕大的乳房男人露着突起的肚腩享受光或阴的鞭打。这些都不是我爱的，我宁愿找个不那么凡事都好奇的人说说话，因为我那部黑色的 iPod 一下子就没电了。最后我花了 140 欧元买了希腊老杰克一个玫瑰金的骷髅头吊坠，我清楚地记得他甚至用了极其标准的英语和手势肯定了我的不凡品位，结果却在回来的路上被我搞丢了……关于希腊，我始终有点儿失望。由头到尾，她并没有一针见血的美丽。

环球旅行摄影师 M.O.K：

80 后，做过上市公司董事长秘书、杂志编辑、时装顾问等。2006 年以来，

带着相机，游历日本、法国、美国、瑞士、希腊、埃及、英国、捷克、匈牙利、土耳其等国家，体验当地的人文，留下大量风格独特的摄影作品。目前在外企任职管理。

行走，记录瞳孔的颜色

从日本回来后，她成了M.O.K。

从外语大学双学位毕业，她直入某上市公司，做董秘，职场重地，白领云集，衣香鬓影，生活以其华彩开章，人人，包括父母都以为她会循着这一轨迹走下去，不是期盼她能作出多少成绩、光宗耀祖，只是希望她能有美好且长足稳定的生活，因为，从小，她就是被保护得很好的孩子。

人生处处是分岔，行为的、思想的。

6年前她去法国，像所有第一次远游的女孩一样充满兴奋和期待。塞纳河，并不算干净的法国街道，甚至是小铁路站旁边警卫的一只猫，流动的色彩与人群魔一样地吸引着她，按快门的瞬间，她感觉自己得到了从未有过的满足。并且，在没有离开的时候，她想她会再来一次、两次、三次，把那里的爱和空气带回去，而那一刻，相机便成为最好的记录工具。

心一旦长了翅膀，便很难再抱尊屈守，优越的工作环境仿佛成了金丝雀笼，出走，出走，无声的引力在不断膨胀。同年10月，她踏上日本的旅程。直至今日，她去过日本6次，不是光在景点走，街头、超市、海鲜、白色的小房子，面目不同的人群，烟火人生，这才是她瞳孔里闪烁的光彩。她很幸运，用自己的眼睛真实记录了震前美丽的日本，明蓝的海水，一望无际的绿野，安康富足的生活。当然，也很沉痛，地震、核辐射，让那些旅程成为永远无法再重来的绝版。幸好，还有记忆，还有痕迹和分享。那年10月从北海道回来，她开始在专业图片网站第一次上传自己的作品，她开始成为M.O.K。有人问她这个 ID 的意义，她的原话是：M.O.K 嘛，就是也许胡来，也许走开；或者浮上来或者沉下去。你记得也好，最好你忘记。

有很多的人像，有很多流离的街景，也有她的自拍，这个说自己左脸正直右脸未知的姑娘，开始在网络被越来越多的人知道。此时，她已经数易工作，做过了广告文案、记者、编辑、时装顾问。我第一次很正式地问她摄影前后有什么分别时，她说："摄影前我不知道自己有那么爱这个世界和这个世界里的那些人。现在的我比过去会勇敢一点点，尽管某一畏惧还是时常降临。"

只一面，就知道她是你的"蜜"。

我认识她那年，她刚拿了摄影网站的新人奖，我在电视上看到她，很美丽很害羞地笑，却怎么也无法和面前的女生联系在一起。可是，有的人就是那么神奇，只一面，你就知道，她是你的"蜜"——闺密。

那时，她还有个职业身份：时尚编辑。有哪个时尚编辑是一个人去联系服装、模特，兼化妆师、造型师，还要用瘦小的身体拖着沉重的摄影器材和服饰道具去拍摄呢？又有哪一个时尚编辑是自己做后期、文案？是 M.O.K。她一个人包揽了各种职务，还给我们拿出那么美好的作品。

记得一个雨后的下午，我去看她拍片。在校园里，远远看到大堆的服装和器材，我真不知道她是怎么带过来的。雨后有彩虹，树下有落英，她跪在草地上向上拍模特，看到我来，她掸掸裤子上的水迹，憨憨地笑。

我真是被她的笑感动，她略长我几岁，可是她却像永远停在十几岁的年华，不是说面容，是眼神，那种小鹿一样纯净的眼神，在她身上停留得真久。

真是一段很美好的时光，她也时而因拍照或晚睡而迟到被诟病，可是，那些美好就在那里。她真实而低调，低调到无痕迹，她用本名在杂志社工作，周围的同事在某一天发现她原来是知名摄影师 M.O.K，又有人在某一天看到她早在某一年就编写过一本关于 PS 的教程，做过若干小说的封面、无数杂志插图，又有人在电视上看到她拿了2009年摄影网站的全国风尚奖。

那一段时间，她去了法国两次，意大利一次，日本若干次，土耳其、希腊、瑞士……

火了的M.O.K还是M.O.K。

她再一次出走。

是真的无法权衡工作和旅行的关系，所以再次放自己飞，选择相对更自由一点的职业去完成自己的梦想。她从来不想也永远不想手中的相机成为谋生的工具，她只想有感情地记录。

这一两年，她的摄影之路越走越远，也练就了一身的胆量。看看她对旅行的态度。

能看懂吗?

……而旅行呢，它让我们清楚这一年和那一年的区别。这一年有意思些，那一年更难忘些。也让我们清楚地看到这一城和那一地的雷同。雷同的白色单人床、花洒喷头、站台阶梯、路标颜色、可乐味道、路人的神色、褴褛的乞丐、流浪的狗、讨巧的小贩、秋天的落叶、山丘的形状、边检官的不苟言笑，雷同的一日所需。这些雷同让你感到既陌生又安全，你知道怎么控制它们，你也知道怎么进行下一步。有时候你甚至着迷于寻找这些雷同之间的微细差别。你没见过黑色丝袜里边也是纯黑色的长腿吧，你没见过拥有灿烂笑容的乞讨者吧，你以前从不相信会有能让你待上一整天的露天咖啡馆吧？你后来便像上了瘾般地行走、变换城市。你不担心迷路，不会担心走丢，不会担心碰到烦人恶心的同事和老板。空气变得格外清新了，不挑食了，走路都健步如飞呢，到了夜里不再上网熬夜数星星，倒头就能睡，腹部莫名的疼痛再也没出现过，心里一件烦事也没有，简直舒坦得要死了。你就把这些好处

都归因于行走。

一座城浪漫，一座城高傲，一座城古典，一座城奔放，但就是没有一座城是孤独的，没有一座城是忧郁的，没有一座城是破败的。你便试图将这些微不足道的司空见惯的体验或珍藏于心底或在电邮明信片里告诉你的朋友。哪知道其实所有的一切并非日光之下的什么新鲜事。可是你不管，你不管了。你对那种细微的感动义无反顾、勇往直前。

有时候也会懒惰地想，原地坐着就好了。一起床就能抓到自己最熟悉的那条毛巾。但，生命的奇特、那些不为人熟悉的欢快旋律在哪儿呢？你有想过吗？

如此，你明白了那个在网站上图片和文字被疯狂盗取的M.O.K，就是这样炼出来的。她真是个有爱的女生，明信片活动，网友自发的M.O.K画像活动，河南卫视的《拍客行动》特约嘉宾，让所有人都觉得M.O.K火了，可是M.O.K，还是在那里，她还是她，还在轻声笑，小声谈，还是无法找到解决工作和摄影间的矛盾的方法，甚至，对于电视上的自己都有点陌生。

年轻人出行要趁早

《赢未来》对话 M.O.K

关于摄影

C：这些年去过了哪些地方？说真的，女性摄影师，尤其是像你这种环球摄影师真的挺少，是什么一次次让你启程？

M：日本、美国、法国、瑞士、希腊、意大利、埃及、英国、捷克、匈牙利、土耳其、英国……爱和希望吸引着我，每一段旅程都有爱和希望的故事。

C：旅行前会作什么准备？旅行箱里必带的物品有哪些？

M：对目的地的历史文化粗略了解。帽子、转换插座、太阳镜、笔记本、相机、电池（这个太重要了）、信用卡、洗漱用品、行程资料、护照驾照复印件。鞋子我会多带一两双。我很少带化妆袋什么的，行李的简化对旅途很重要。会买些书，看一两部当地电影，比如去土耳其前我就听了很多奥斯曼或塞尔柱克传统民间音乐。

C：玩摄影这些年，你经历了几个阶段？

M：我现在还在摸索阶段。但是早期的作品是有什么拍什么乱摁就是，现在拍之前一定会先思考。这种结果直接导致风格上的差异——现在更趋向于记录真实。

C：第一台相机是什么？目前的相机是什么？

M：正式拍照的相机是Canon5D，我的5D是2005年在日本旅途中买的。目前是LeicaM9。

C：是孤身出行吗？如果是孤身出行，会不会有胆怯？如何克服？

M：孤身旅行其实是很boring的。我尽可能不选择一个人旅行。但是也发现跟别人旅行的麻烦——比方说你要迁就别人，你要照顾弱者，你的一些想法不能实现。最好的状况是和一个志趣相投的人一起。不过这太难了。胆怯的时候不太多，因为我通常清楚整个行程的过程。旅途中，给自己力量的办法就是猛拍照片。

C：和别的摄影师有什么相同和不同之处？

M：都在发现、制造美和丑，不同的是我发现得太晚了，真的，我希望我17岁的时候就能够带上相机去开始我的眼睛旅程。

C：你的作品最想给别人带来什么？美，想象，写实，还是思索？

M：情感。

C：现在的PS几乎无所不能，在摄影和PS之间，你如何掌握度？

M：摄影记录美与丑，PS也是。我想尽可能让PS去辅助摄影，而不是让PS去左右照片，不要让彼此过了界。

C：国外很多摄影师都会有一个坚持一段时间的项目拍摄，你怎样看待这种拍摄，有没有想过尝试一下？

M：摄影是一个累积过程，通过量化后的照片更能看出问题事件的所在。

这需要时间和充分准备的沉淀，时机到的时候，我会去做。

C：在摄影的路上，有没有良师益友？

M：有。我很感激自己能认识一些很重要的人，他们都亦师亦友。我没有专门拜谁为师，我觉得拍照跟做人是一样的，好好拍好好做人，我敬重的摄影师朋友首先我敬重他的人格。

C：如果说非要给你自己的作品一个定位，你觉得你的作品风格是什么呢？

M：忠于内心的胡来。

C：目前，在摄影方面，希望自己能有哪些突破？

M：希望自己心无杂念地发现一些特别的、有力的视角。

C：出行时，除了身体会不适外，还遇到哪些困难？你一个女生，遇到过什么危险的事吗？

M：女生出行要比男生出行麻烦多了……学会好好地保护自己的身体和内心，这是每个在路上或不在路上的女生一生都要修好的课程……

C：看到你去埃及拍的照片，我无法想象你在沙漠和烈日下是如何保持体力的，又如何保持你烈日玫瑰一般的美？

M：充足的睡眠和喝水，每天做面膜，时刻保持孩童般想要看宇宙的好奇和眼睛。

关于人生

C：日本地震后，看你曾经走过的那些路、拍过的照片，有什么感想？

M：去了才是去了，人生旅途的风景都是短暂的，珍惜每个眼前和当下，出行要趁早。

C：如何看待安稳和漂泊？

M：在我看来，安稳和漂泊不一定是对立面。漂泊时能发现许多安稳时候没有的好处，能在每次漂泊后安稳地停泊才是最好的。

C：选择这样的生活方式，你得到的和失去的各是什么？

M：其实我最害怕的就是比较。我很少比较，与自己的过去比较，与别人比较，我宁愿去假设。比如我常常想：如果我不这样，我就不可能怎样。往往这种假设都是在寻找中得到的，“如果我不爱行走，我将看不到那里的风景”，类似这样，是我常在感叹的。当然，事实上我们必然得到和失去。我现在不那么害怕失去了，因为我得到过。生命太公平了。

C：前段时间你的照片在微博上疯传，很多网友为你画像，你觉得网友为什么会如此热衷这么做？

M：我想首先是他们喜欢我。包括一些对我的文字和图片抄袭的人，以前我蛮讨厌和介意这个。但后来想，这是他们喜欢我的一种方式，能成为他们笔下的人物我觉得很荣幸。有时候我喜欢什么我就很想为它做点什么。

C：你说将青春和皱纹都交给了日本、法国……那么你的爱呢？

M：爱是又奢侈又让我流泪的事，高兴时流泪，伤心难过时也流泪。就像远隔千里看到的美景。我很感激生命中给我爱的人。我想，爱本身就是一次漫长的旅程，快不快乐留在照片里。

C：一直觉得你是个气场强大的女生，是什么让你有如此强大的气场？

M：总觉得气场就是一个人心里和手中拥有东西以及无所畏惧吧，从这个角度讲，我觉得自己不大有。但我总给自己希望，总觉得自己无所替代，每当这么想的时候，表现出来就自信了，也许这时候就是我的气场。

C：你个人的原创明信片环球旅行挺好玩的，介绍一下吧。

M：每年我都会跑好几个国家拍下一些照片，我把它们印刷出来，在回到家或下一次在别处的时候给朋友寄，一开始是给生活中的朋友，后来也给网络上喜欢我拍的照片的朋友寄。在某一年圣诞节，我在网络写下希望得到我明信片的可以往我邮箱发地址，结果第一次我就收到了来自世界各地完全不认识的网友索要的E-mail超过500封，连续三年了，情况往往是，我再怎么加印，都跟不上前来索要的邮件。至今我大概印刷并寄出了3000张明信片给全世界不同地方的朋友。每张明信片我写的内容都不一样，也都把空白写满，寄给完全陌生但知道他们会喜欢的朋友，所以有时候会觉得手好累，觉得自己本事太小了。也不晓得这样还会坚持多少年。

C：看你上河南卫视的《拍客行动》，并且做这个节目的“专家评审”，是怎么有这个机会的？

(coofan)

M：做这个节目的“专家评审”也许是一种缘分。节目组导演早在一年前就约过我，当时觉得河南、郑州、别人拍照，这些元素跟我的生活真的没有关系，一直到今年初，他们再次热情地邀请我便做了。以前在国外跑，看跟自己不同文化的人的各种生活，我觉得很有趣，到了《拍客行动》，才发现我们国家的同胞还有那么多不同的人生，觉得更加珍惜生活，看待生命的角度也不一样了。我感谢节目组给我这样一个机会，感谢热情的郑州人。

C：怎么看待状态这回事？因为在电视上出现的你，状态真的很好。

M：很多粉丝看到电视里的我都说很亲切，说没想到我那么平易近人，汗，我的照片多数给人感觉冷漠和遥远。做这个节目开始的时候不大习惯，我不太喜欢有个镜头一直对着我，我讨厌与跟我无关的镜头对视。后来想也不错，我本身就是一个浑身都是小缺点的人，放大或者忽略它们对我来说都没关系，喜欢我的人依然会喜欢我。

C：父母如何看待你环球摄影师的这个身份？

M：他们至今不理解，保持不反对不支持不评论的态度。我曾经有过许多让父母满意和骄傲的工作，但我觉得不适合我。现在的我他们有点儿讨厌，前几天我爸还跟我说老爸年纪大了，你最好找个稳定点的不要走来走去的工作，云云。这是我最苦恼的。我真不愿意看到他们的愁容和白发。我想这是唯一让我在旅途中莫名哭泣的原因。

C：你现在是个红人，你周围的同事知道这件事吗？出门的时候有否被认出来过？

M：不太知道。有次在国外的 SEPHORA 购东西，导购小姐问我是不是 M.O.K，说跟我要过明信片。

关于造型

C：无论出现在电视画面中，还是在照片上，哪怕看上去是很随意的街拍，你都似乎考虑过形象。你是传说中的24小时保持精致的女生吗？还有，那些照片，是同行的摄影师帮你拍摄的吗？

M：不是。私底下你见过我，你知道我多邋遢随便，头发从来不梳也不会化妆。但如果在旅途，我会仔细考虑我的衣着、颜色搭配什么的。因为我觉得那是旅程风景的一部分。我一定不能让我的衣着容貌拉低了那个地方的分。关于有我在的旅途照片，很多人好奇是谁拍的。除了最简单的自拍，很多是当时身边谁最方便最愿意给我拍我就找谁。所以，导游、同伴、朋友、当地路人，甚至空姐、警察，都为我定格过。

C：谈谈你的造型体会？

M：因为常常在户外拍照，我习惯了以舒适和简单为主的穿着，但如何避免单调及大众化，我有自己喜欢的方式：有很多不同颜色款式的背心、帽子，以及围巾。

C：造型中你最偏爱的配件好像是帽子，知道你自己有多少顶帽子吗？

M：对，我是帽控。我有一个衣柜的帽子，100多顶吧，没具体数过，因为还在增加。帽子在旅途中就像自己身体的一部分。

C：对于即将进入职场的大学生来讲，他们如何在形象方面作一些自我提升？

M：以前我刚毕业时在一家上市公司做董秘，那时才20出头，按OFFICE

LADY 那一套很刻意地把自己打扮得很老成。现在回想起来真傻。我想任何年纪任何职业的衣着，都要与自己的年纪相仿才好。又不能完全太休闲，女孩上班选择一些有纽扣的衬衫最好，花的素色的都可以，束进裤子裙子里，就很帅气干练又不乏个性。冬天也是，不要让自己穿得太老气。身上永远不要超过三到四种颜色。生活中可更随意，自己喜欢就好，只要看起来和自己的年龄气质吻合，任何服饰都能尝试。

C：无法把握自己穿哪种类型的衣服好看的人，该怎么办？要穿安全色吗？

M：我觉得尝试很重要。也许流行并不适合你。有些年轻姑娘过于保守，整天安全色安全款，这会导致你失去很多发现自己另外一种美的机会。可以多尝试，生活应该是多彩的，年轻时必须大胆尝试，不要担心自己变成“花姑娘”。

C：很多人都很羡慕你现在的生活，有自己的事业，还可以走四方拍自己喜欢的图片，在生活中和网上都很受欢迎，说说你的处世之道吧。

M：真诚介入生活。对不同肤色的陌生人也好，对身边的老朋友也好，我不太能够做到圆滑，那样也许能够很好地保护自己，但总有一天你会发现，生命苦短，这个世界上，没有什么比拥有一张一览无余的真诚面容，让你更容易获得最珍贵的感动。

C：给生活中样貌普通的女孩一点建议。

M：我见过很多样貌普通，但令我记忆深刻的女孩。我想，最重要的就是善良。善良应该是在女孩美貌和才华之上更应该拥有的东西。然后是要有自己的个性。没有自己个性的女孩子太可怕了，人云亦云。

曹方 / 落落 / M.O.K 专访

《文艺风象》2012 年 1 月刊《照相机是恋人》蜷川实花

对你个人来说，摄影最大的乐趣在哪里？

是内心对那些已逝去的美好瞬间凝固在纸上的满足。

好像它就永远忠实地属于你了。对，忠实地。所有的感觉、所有的故事、所有的已经发生过的那次，它只属于你。

会用“摄影师”来称呼自己吗？如果不，觉得自己的身份更接近什么？

不大喜欢。就像我喜欢自己设计发型、自己做衣服，但不喜欢被叫理发师和裁缝。

因为那些的对象不是自己。摄影对我来说几乎就是我一个人的事。无论是拍自己还是别的什么，那都是我主动地心甘情愿地去挽留住那些瞬间。我拍照的时候身份更接近一个在一段情感中的人。这段情感中的我主动，并且敏感。

第一台相机是什么样的？第一次拍照的感觉如何？那台相机现在还保留着吗？

是我在日本买的 Canon 5D，跟随了我很久，现在没有保留。当时我一人在日本待了很长一段时间，用它记录我的每日所见，感觉就像是自己的亲人。

现在拥有几台相机？

挺多的，胶片双反机数码卡片什么的。常用的就是一两台。

工作之余，会将相机随身携带吗？

比较少，我不是那种不愿意错过任何风景的人。但旅行的时候会随身携带，不怕麻烦。生活里我很少随身携带。有些细微的瞬间可能会打动我，但我没有随时把它们都捕捉住。

喜欢给相机们买装饰用的配件吗？是否会因为买到了可爱的小配件而心情很好？

非常不喜欢。我的相机们的配件包括相机包带子什么的都是最简洁的，我觉得它们就应该干净利落，关键时候才不会掉链子。

您更喜欢拍人像、静物还是风景？为什么？

人像和有人的风景。

我始终认为我和相片的情感是建立在人的内心上的。

旅行的时候我也喜欢关注人多过景色，因为，100 年前那里也许就已经是那个模样了，然而此刻不同的，是因为此刻那里的那个人，整个风景会因人而独特。

拍摄人物时，与模特的信赖关系至关重要，怎样克服生疏感？

如果是正式的对方知道的拍摄，我会跟他们说话，做拍摄前的一些简单沟通。

街拍我会微笑，我对每个进入我镜头的人保持友善的微笑，让他们觉得我的存在无所谓。

是否曾在某个场合，萌生过“无论如何，只有这个我一定要拍下来”的想法（请详细谈谈那样的经历）？

有一次在梦里，我回到了少年时代，跟最要好的朋友赤脚穿着那种透明的糖果色的缤纷雨鞋，两人都露出大截的细细腿儿。天上下着小雨，我们俩坐在屋子门前的一个小池塘边。我梦里的景象其时又是：我突然变成了第三个人，我在那个池塘的水底下看到，两人穿着好看的雨靴的长长的青春的腿，不时一前一后地拍打水面。还有掉下来的雨滴，尽管画面看不到脸，但那明亮的黄色的红色的塑料雨靴倒映在水里，真的太美了。无法形容！我在梦里就觉得要拍下来。无论如何要拍下来。这真的是我做过的关于少年最美好的一个梦。

为了摄影，曾经做过的最疯狂的一件事是什么？

我想一想啊，好像真的还没有最疯狂的事情发生呢！其实拍照到了现在，它在我身上起到的效果只有让自己越来越冷静，越来越懂得谨慎与平和的可贵，而不是疯狂。如果非要找一件疯狂的事啊，大概就是我可以用拍照来跟完全陌生的人交流情感。这很疯狂不是吗？

在拍摄中，曾经遇到过让自己沮丧或遗憾的事吗？

最近经常。

不过，这也让我在“下一次”的拍摄中，有更周全的考虑和完整的计划。

您自己是更享受“拍”的过程，还是更喜欢验收拍出来的结果？

都很享受。但每次拍完的下一秒，我就迫不及待想回到电脑前看它们的效果了，所以有时候胶片的等待对我来说是一种期待，也是一种折磨。我可能会把更多力气放在拍的过程里。

听过怎样的评论曾经让你记忆深刻（好的方面）？

“每次看你拍的照片我都想流泪”。因为我是这样的一个人：悲伤了会流泪，开心到尽头时流泪，被感动了也流泪。所以我觉得这是对我的照片的最贴切的评价，也许并不是说我的照片怎么好，但观者那时有跟我同样的心境，我便觉得很开心。我甚至觉得我们可以拉着手走一走。

觉得大众在对待摄影和摄影师方面存在怎样的误解吗？

有啊。有些人把摄影看得太轻，有些人则看得太重。轻了重了对他本身而言都是一种负担和羁绊。对我而言，我不担心这些误解，拍照是一种很个人的事，我觉得只要自己保持清醒，知道自己在做的事，别人的误解对我是没有影响的。我不必为他们作出解释或修正。

迄今为止拍摄的所有照片中，对您来说最珍贵的一组照片是怎样的呢？

最珍贵的照片是一组用松下的卡片机拍的，我和喜欢的人一起度过了快乐的时光。而那一切再不会重来。所以说，照片最终留下的，其实不是视觉上的愉悦，而是背后的情感和故事。

有什么一直想拍却一直没有机会拍的东西吗？

太多了。

我想拍一个女性的成长和衰老。那对我来说是挑战，我有时候觉得自己无法面对衰老，衰老比死亡更可怕。

如果被人询问，“怎样能像你一样拍得好”时，往往会给出怎样的回答？

我给他们的建议是，尽量不要去复制和模仿，我看到很多人为了达到某种效果特地潜心研究，特地生拼硬凑或者干脆抄袭，制造出很多视觉垃圾。每个真心想拍出好照片的人，都应该挖掘自己与众不同的角度和灵感，我更希望将来他们对我说：“我能拍得比你更好！”

现在有越来越多的女性加入到摄影行列，对她们有什么建议吗？

女性天生就有着不同于男性的内心和审美，表述的方式自然也不一样。但是不要太拘泥于柔弱的表象，希望她们能发挥自身优势，多抓住一些有力量的主题，来打动更多人的心。也不要太把自己的性别当一回事，性别只是天生无法更改的事实，我们接着要做的，就是如何用手中的相机去发现捕捉更多的未知的精彩。

对陪伴自己至今的照相机，觉得它像什么？最后请写关于它的200字感言。

相机对我而言，是我身体的一部分，犹如手、脚、指甲、鼻子、嘴巴、脸。它的功能是拍照记录我经历着的跟别人不雷同的人生。没有它，我会觉得自己哪里不行了，我的鼻子不会呼吸了，嘴巴说不出话，那种感觉是心灵上的痛苦和难受。这样说一点也不夸张，你或许会问，从前没有它你怎么活过来的啊，那么这时候相机对我来说，它就像我最刻骨的一次恋爱。没遇到它之前，我不晓得，不懂。遇到之后，我便需要、便渴望、便努力和它一直一直在一起。

谢谢。

环球旅行摄影师 M.O.K 武大讲座

【讲座】周末艺苑 175 期

活动时间：2012 年 4 月 21 日星期六晚 7 点

活动地点：武汉大学教五多功能报告厅

主办：共青团武汉大学委员会

承办：武汉大学大学生文化艺术协会

演出单位：武汉大学印刷摄影协会

特邀嘉宾：M.O.K

附 MOK "武汉姑娘拍摄计划" 图选

同学们好！

在网上看到一个笑话，说演讲的时候脱稿是在抢校长副校长的风头，所以，今晚我应该准备一份稿子，照着来念对不对？（偷笑）

我很高兴能再回到校园的时光，我甚至想借一套校服，还想谁送我一张武大的饭卡。谢谢你们给我这个机会。我觉得今晚能来的，都是好同学！当年我在学校，每到周五下午，便从校园蒸发了，对的，我去约会。所以今天能来的都是好孩子。谢谢你们。

很开心和同学们见光死啊。有没有觉得，唉，网上的照片白瘦美这么漂亮，真人矮黑平，那么矬？！我保证那些都是我本人，绝对没有代照。

只是照相真是一件很有趣的事情。你可以说它是大骗子。在我知道的很多朋友里，有人生活中平凡不出众，但 TA 拥有很多漂亮的照片。有人生活里很漂亮，但照片并不如平时那么的好看，这是为啥？因为给他拍照的摄影师都很矬啊！真是这样的，在我眼里，没有坏模特，只有不合格的摄影师。

最初喜欢上摄影，是有天翻看小时候的照相本，觉得异常的珍贵，我小时候黑黑的，鼻子好大，笑起来像个大苹果。那时候的样子，如果没有照片，谁也无法如实形容描述。照片使得生命静止和凝固，某种程度上阻止了消逝和腐败（当时还没有意识到，所有摄影都见证了时间无情流逝这一点）。我当时就觉得我应该用照片为自己使劲记录。后来我发现了自己为自己拍照的各种玩法和乐趣。女孩子嘛，总是喜欢自己好看的模样，便想方设法去折腾。从最初的手机对镜自拍，到单反脚架延时自拍，都一一尝试。再后来，因为拍摄自己已经无法满足我想要制造自己设计的画面的需求，同时意识到“把自己拍美算个啥把别人拍美才算牛”的论调，我开始寻找自己以外的拍摄对象，开始把镜头对准别人。与此同时，因为爱上旅行，相机作为精准记录自

己和那段旅程模样的工具，自然而然成为我旅途中最忠实可靠的伴侣。我像写日记般用相机记录我在异地发生的一切。飞机起飞降落与平日肉眼所见的差异，云层、美食、树叶的形状、中世纪教堂、拜占庭风格的建筑、日落黄昏、山峦湖泊，一切的一切。很快我发现，相机比文字能更加精确客观地描述它们，有时候甚至比一首歌、一段诗文、一句注解、一幅画更加直接有力。它们成像后几乎也忠实代表了我当下的所有情绪。相机不仅能反映日常生活的原貌，也有助于描述潜意识的内在需要。我为找到那样一种比写字或别的什么渠道更为有力可靠的方式而激动、而失眠。

照片的确可以承载情感与记忆。我很快痴迷上拍照这件事。我其实挺羡慕在座的同学的，你们呢，几乎人手一部完全属于自己的照相机了吧。我在你们这个时候可没这么幸运。现在回想起来，觉得我迷上摄影实在太迟了，我要是在十六七岁或者更早时接触它，我想我会有更多的时间和精力去多看看摄影前辈们走过的路。我真希望自己能把这个世界上所有美好的图片都看遍，我觉得对一个摄影师或者写作者来说，眼界真的是太重要了。我在这里很想强调一件事，就是阅读的重要性。在座的同学一定有人准备将来用拍照赚钱养家以摄影为生，也有人是当成打发无聊的兴趣和爱好，无论摄影在你生活中占据什么位置，你最好都要有阅图无数的准备。在我看来，拍照是一种与美有密切关系的行为。无论是拍照还是被拍，无论是无中生有地创造画面或者仅是单纯地纪实，无论是简单证件照复杂至商业制图，这一切都与操作者的审美密切相关。可以说，一个摄影师的审美力决定了他的作品水平。因此，我希望和大家共勉，真的，广泛阅读吧。国内的国外的，纸书的网站的，正面的反面的，所有你感兴趣的都可以读。这一定会让你的人生收获许多。

还有一点很重要，你有想过自己为何而拍吗？有些人凑热闹，看人举个大相机好像很酷很有型，快门光圈的概念不需要懂，也搞来东摁一下西摁一下，太阳正要落山他就赶紧来逆光，含口清水对着假花喷，一入夜就开大光圈，端个小白拍菜肴……根本不用脑，这也是数码相机的弊端，它几乎不给你独自思考的空间，真的是制造电子垃圾的能手。所以开始拍照前，你一定要先想清楚自己为了什么而拍，再构思怎么拍，需要为此准备些什么。不要对我这种说教式的口吻嗤之以鼻，什么快乐难求、影像从心，那些都是商家骗人的鬼话，是给“弱智儿童欢乐多”、“精神病人思维广”那种消费者选购的借口。摁快门前，在脑袋里构思过哪怕几秒的拍摄，结果一定比抄起相机如机关枪扫射般地乱摁要强得多。当然，如果你对我说，我就喜欢那么干，我就喜欢听那寂寞放空的声音，我有的是快门，有的是胶片，我毫不在乎。OK，那我也没办法，显然我遇到的对手是黑社会，双方实力明显悬殊，败给无知，败给脑残，我举手投降！

我在这里跟大家分享的，不是如何去拍一张好照片，不是技术战略问题，在座的每位都比我更了解一部相机的属性，各种摄影教材以及网络媒体铺天盖地地普及，卧虎藏龙的高手也很多。我想跟大伙一起分享的，其实是如何让自己的拍摄行为变得有趣难忘，甚至有意义。

我不是要跟你讲述一个什么自闭儿童成为摄影天才一类的励志故事，但我的确想让你们知道摄影对我个人的影响。你们现在看到的我，好像热情开朗、四肢发达、会说会写，而其实多年以前，我是个生性胆小、自命不凡、但又一无是处的姑娘。不爱跟陌生人说话，不喜欢一切朝气蓬勃的场面，我追求的是一种自己也说不清楚是什么的虚无。上学成绩不好，毫无优越感，上班跟女领导相处不好，觉得活着就是等待，等待什么却全然不知。但是因为摄影（这个转折颇像推销广告），我现在到每个地方都拥有很多真诚可爱有趣的朋友。我的朋友有五六十岁的专家学者，也有比我小十几岁的中学生。我不畏惧任何陌生人。我时刻感觉内心有能量，就算是帮助弱者，也是展示我爱和力量的方式，而不是同情。只要有单独相处的机会，我一定会掌控好局面，能跟他们交流沟通。别管我是用什么工具，可以是我自己流利表述的语言，也可以是我手中的照相机。这让我感到高兴。因为每一个陌生人，只要他看起来有足够的善意，我就有办法让他喜欢上自己。这确实是过去六七年来拍照以及旅行带给我的最大收获：我极爱极爱这个世界，以及这个世界上可爱的人。

这也是我尤其沉迷于人像摄影的原因。我喜欢这个跟人交流的经历，以及将之捕捉进自己的镜头且最终凝固于画面的过程。

所以，我的所有拍摄，几乎都是我和对方沟通交流的结果。也因此有许多喜欢我照片的朋友会跟我说，我喜欢你拍的照片，说不上为什么，特别打动我；有很饱满的情绪，有一些人甚至跟我说，看完我的图他特别想哭。

我想这就是我在拍照时倾注了我自己情感的结果。

我拍的照片很少有那些通常意义上看起来很唯美的画面，也从不精修，几乎都是一些个人情绪浓厚的调子，它代表着我当下的情感和审美。摄影不能简单地以对焦曝光是否准确，光比是否到位，构图是否恰当，画面是否具有张力来评判，还应该考虑作者的判断视点和意图。

一直以来，许多人私信问我关于拍照要用什么相机镜头以及我的后期方法是什么，礼貌上我会随便说上几句，但其实我真的不喜欢也不愿意去作答，因为我觉得对方根本没搞清楚拍照的状况。

因此亲爱的你们，轻易拥有高科技高性能高像素机器的你们，如何让相机成为代替你表达的利器，如何让平凡的人世通过你的眼睛成为不平凡的画面，这些问题真的只有你一个人才能解决。我这么说，并不是因为我今天站在比你们高一点点的讲台上就自以为是的牛逼哄哄地瞎掰，我有幸得到你们的信任让我借机回望自省自己走过的摄影路，我觉得这一路真的只有我自己才能帮助我自己。没有人教我怎么构图怎么设置白平衡，没有人教我怎么避免画面的呆滞感。所有的都是我自己一步步摸索得来的。等你自己慢慢强大了，你就会认识和被一伙志同道合的朋友认识，就会有更多的路线朝前走更远。这是一个自我学习、自我发现、自我成长的过程，它既好玩又不是特别的容易。许多事情我可以更疯狂，但摄影教会了我某种抑制，用别的更为含蓄持久的方式去表达自己的极致。我喜欢这种追随我心而不浮夸的载体，这就是我的态度。

每当被问到，莫伊，如何才能拍照像你这样时，我更希望听到的是，伊，我能拍得比你更好！我觉得，你们都比我聪明。现在的你们有我哭死都要不来的青春和才智，请替我好好珍惜享用和发挥吧。我愿意分享你们的爱与美好。

今晚其实没啥正经事，挺私心地找个名正言顺的机会回到久违的校园，感受这里积极向上健康清新的空气，一直觉得我能从比我年轻的人身上学习到许多。所以，再次感谢你们给了我这个机会。

提问时间，啥都可以问

1．建议不会后期的就去拍胶片，胶片的质感与惊喜无可代替。但我离不开数码的，它有趣且方便。

2．关于自拍。总会有人问我的照片是谁拍的。怎么说我也是摸过好几台相机的人好吗！让自己在照片中华丽出现还很困难吗？被高频率地问到这个问题时未免会有被蔑视侮辱之感，内心时常是不屑回答的。在此一并回答，并请相互转告之：有我出镜的照片均出自德国／日本产的各款旁轴、双反、数码单反照相机。

3．如何平衡工作与兴趣之间的关系。我没有把摄影或者旅行作为自己的职业，那是因为我希望我对这两样东西一直保持好奇和热情。基本上我是上半年努力工作，下半年使劲放松。

无目的旅行

《新旅行》Voyage Magazine 2012 年 9 月十周年年庆名人专访

主题：创意改变旅行

文：M.O.K（莫梵稀）

喜欢旅行的人越来越多，时间、金钱、闲情、旅伴，各种条件都有了，再加上一颗光速发育好的“说走就走的心”，以及在外界“灵魂和身体，一定有个要在路上”的蛊惑下，带上高素质单反或者陪伴多年的老旁轴，背包族也好，穷游也好，走马观花也好，奢华游、坐飞机喂鸽族也好：无须渲染旅行的魔力——总之，我们纷纷上路了。

在更加年轻的时候，我和喜欢的人曾幻想过那样一场美妙的旅行：我们分别以各自的城市为起点，相约在两城之外彼此陌生的第三个城市，一起无目的地短途旅行。和真正满心喜欢着的人无目的旅行，听起来更像是恋爱中的一场约会。那时，旅行的目的对我们来说并不重要，我们在意的是彼此牵手走在异地共同度过的时光。住临时问到的旅馆，吃未被抬价的路边摊和当地人一样排队买电影票，在普通的林荫道上散步，身边没有喧嚣的游客旅行团，没有商业的怂恿吆喝声。有的只是眼前的彼此，对所见任何的湖光山色都不必夸张尖叫——这个城市就是我们相遇的礼物，这里的每棵树、每个路名、每句方言、每道小吃、每个清晨日落，都将深深印在彼此的脑海，很久很久。

后来我独自或和伙伴们走过许许多多地方，回头发现记忆深刻的，仍是无目的的旅行。但凡寄托厚望的目的地，所得往往被要求“理所当然”，“它

们本该如何”，“我可是花了钱的”。得到了觉得应该，得不到便失望怒骂甚而生恨发誓不会再去。学不会感恩与包容。在爱里又何尝不是！

生命是时时刻刻不知道如何是好，而每段旅程与感情都应该是不带期望的、放轻松的、卸下心中追逐索要欲念的、饱含纯洁的爱的目光、享受陌生恩赐、每时每刻接受彼此真实模样的。我们热爱走着，不是一小时，不是一个月，而是不中断、不减弱的爱；我们热爱发现和遇见，是全部的，而不是爱一部分，恨一部分。因此，我们是毫无目的、心眼明亮、完完全全地爱这生命的旅程。

去那花花世界，在随意安排的路口，做些许只有自己认得的符号，别忘记回家的路和那沉甸甸的意外收获的行囊，世界将回赠给我们意想不到的最本真美好的模样。

无目的地走，每个拐角都是通向一次心灵发现之旅的捷径。

Tips：

1. 无目的的旅行像谈一场不带目的的纯洁恋爱，所以我们一定要杜绝选大理、丽江、厦门、阳朔这种艳遇高发地！

2. 一次，我在一个原本不喜欢的城市待着，毫无安排打算，突然接到当地朋友电话，前去探访，她带我到这个城市随便转转，去她平时爱去的馆子、爱逛的小店。离开时带着她的叮咛，我忽然就觉得这个城市真是太可爱了。

3. 在美国的最后几天，才知道墨西哥就在旁边，开车几十分钟就到了，还不用特地提前办签证！跟着感觉走，逛到美边境，喝龙舌兰酒、看超有喜感的骷髅满街走，惊叹于随处贩卖的药物和枪支……意外感受到跟美国完全不同的美洲文化风情。

4. 要是觉得不够矫情，无目的地遇到邮筒，就寄张明信片给自己；遇到形状好看的石头，就带它回家吧！怎样都好，生活给予的安排我们都毫不挑剔和保留地享受吧。

M.O.K：陌生是美的必要成分

《cell magezine》创刊号 2012 年 1 月人物

文：张凯茵

瑞士清晨 6 点半，酒店的 Morning Call 把睡梦中的 M.O.K 拉回下雪的世界。旅程要赶路，要寄出的明信片还没来得及写完，只好带在身旁，边走边写。已是初冬，瑞士雪山下的小路云里来，雾里去，明信片也随着空气变得湿润。等待收到 M.O.K 手中明信片的，有远方的朋友、未来的自己和素未谋面的陌生人。

寄往陌生地址的明信片

早年旅行，M.O.K 喜欢在沿途各站挑选精美昂贵的明信片，混着陌生城市的气息，把熟悉的笔迹寄回家，也寄给身边的朋友。渐渐地，这种纪念和分享的方式成为旅途的习惯。到后来，明信片越寄越多，M.O.K索性把自己在旅途中拍摄的照片印刷成明信片，在博客上写“需要的就给我留地址”，等日后到国外旅行再给他们寄过去。“结果第一次就收到了500多个陌生朋友的E-mal”。自那次起，酒店的大堂、机场的候机室，甚至是马路边的邮筒旁，都成了M.O.K与陌生朋友分享旅途的重要根据地。“坚持了三年一直到现在，明信片印刷和邮寄的速度跟不上大伙要的速度。常常失信于人，真是不好意思。”

每一张寄出的明信片都是M.O.K的心头肉，“每张都喜欢，因为每张都充满了奇特的回忆。”那是她在旅途中遇上的孩子天真的笑容、老人安静的沉思、富饶与贫瘠的土地，还有自己在异乡留下的身影，ALL MADE BY M.O.K。在每张明信片背后，都有M.O.K用略带俏皮的字迹写下的90到120个字，“什么都写，一般写那张照片拍摄时的故事”。

三年内，寄往陌生地址的明信片多达3000张，最远的到达大洋彼岸，最近的就在自己生活的城市里，可能隔了一片海，也可能就在对面的那条街。寄送和印刷的钱都是M.O.K平时攒下的，陌生人若要得到其中的一张，并不需要购买。她的明信片是免费的，她的分享是无价的。M.O.K能随意移动的青春，是不少人难以实践的理想之美。明信片上不仅印着别处绝美的风光，还在不经意中刻入了M.O.K为自己喜爱的生活方式努力并坚持的姿态。

沉默的是纸上的照片和文字，激起的是陌生人为心中所盼勇敢一次的冲动。地址那头的陌生人收到明信片后，就像孩子收到圣诞老人的礼物般欢呼雀跃，迫不及待地告诉全世界，自己收到了一位神秘美丽的陌生女子在世界的某个角落写下的祝福。 网友“喜喜1984”收到明信片后，在微博中写下了自己的感受：“收到M.O.K的明信片了，真正的喜悦溢于言表，寻找到这样一种精神支撑，丰富于内心，感动于细微，不需要很多人明白，自己得以体会便已足够。”

如果你问M.O.K，为什么要把时间和金钱这样花？

“人潮时光的来与去都是徒劳汹涌，生命就该用来浪费在自己觉得美好的事上。” 她淡淡地说，似乎一切未曾发生。

也许就是这样一股精神的力量，让不少陌生人的生活状态发生了改变。而M.O.K也被这种相互作用的力量感染着。有一回，一个男孩要了8套明信片，让M.O.K在明信片上写下一位姑娘的名字，悄悄地寄给她，给她一个惊喜，姑娘喜欢M.O.K很久了。看似平淡的事情，对M.O.K触动极深。这样的付出是种很美的体验：男孩为女孩送上称心的礼物，而自己是这份礼物的制造者；男孩为女孩付出，自己则为他们付出。

无论是阴天还是晴天，只要打开家门外的信箱，看到里面塞得满满的信件，M.O.K 就会被陌生包裹中的温暖包围许久。原本毫无交集的人，因为明信片的联结而变得亲近。世界很广大，而一张小卡片却浓缩着人世间既陌生又真挚的情感。一些陌生人为了感谢 M.O.K，还发起了为 M.O.K 绘画的活动。一时间，无论是朋友还是陌生人，都饶有兴致地拾起画笔，把M.O.K在旅途中潇洒行走的姿态、留在花海中的背影、笃定的眼神等留在了画纸上。很多陌生的朋友给 M.O.K 来信，送来关心、赞美和感谢。这些赞美让她害羞，这些关心让她温暖，这些感谢让她更加坚定内心所坚持的。M.O.K 曾在个人网站上向来信的陌生朋友说："仅因这些字句，就足够让我愿意把自己的美好记忆和你们分享。生的苦命的短，爱的涩恨的傻，那些轻轻浮上来的探问，在去的路上和回来的途中，我都渐渐地不再害怕了。"

定格的旅途

2006 年，M.O.K 在日本买了 Canon 5D。从那以后，相机就成了旅行必备的行李之一，"带那么重的相机行走似乎有了些别的意义"。透过镜头，

M.O.K 似乎看到了自己对未知环境和陌生人的热忱，即使是混乱嘈杂的角落，也变得无比吸引人。M.O.K 的镜头偏爱自然无戒备、不作修饰的陌生场景：驾着摩托车的阿拉伯男子不忘边驰骋边打招呼、布达佩斯巷子里的丰腴妇女拿着手机面露怒容喃喃自语、旭川街头的花样单车男使出浑身解数成为夜晚的焦点…… M.O.K 是一个用快门讲故事的人,把右手食指稍稍一弯，就能留下对一个个城市的幽默点评。照片带着老电影的味道，神秘而亲切。

在旅途中，M.O.K 最喜欢捕捉陌生人的微笑。“一定要特别敏感，时刻保持打开镜头摁快门的冲动。我常常不盖镜头盖，相机太重也不离手，就是怕错过。技巧就是你要保持微笑让陌生人对你放下戒备，放心进入你的镜头。” 是的，在 M.O.K 的照片里，陌生人的表情自然、放松，犹如拿着相机的人是相识多年的老朋友。就连孩子也喜欢瞪着清澈的大眼睛，微微提起嘴角来填满眼前这位美丽姐姐的镜头。

除了记录陌生城市的场景，照片中也渗透着 M.O.K 的心情。“我捕捉的画面基本都反映了我当时的内心。”她经常用“忠于内心的胡来”来形容自己的照片风格。忠于的是自己的感觉，不刻意要求自己要怎么样，最后成像怎么样，结果怎么样，怎么样对于她来说都是好的。她不和别人或天气对抗，也不希望被别人打扰。在照片的故事里，M.O.K 也是其中一角。角色不用露脸，却渲染全局。现在，很多人都开始拿起相机记录自己的旅程，但是 M.O.K 认为，很多人在旅途中趋之若鹜地追求把一种放空的情绪强加到作品中，这也许是他们的权力，但是太刻意的旅途感染不了观众。

如果没有了相机，或许 M.O.K 能更专注于享受旅行的本身，“但离开后必定悔恨”。她希望用相机定格她所看到的风景，记录走过的路，让陌生人也能想象着与她一同游走异国他乡，一同置身于富良野无垠的花海，敞开怀抱，深呼吸空气中的香草味道；一同踏上脏乱的庞贝古城，走在靠海的街道，嗅进沙丁鱼的腥味；一起听风的方向，一起看草的舞蹈，忘记高昂的物价，忘记漫天的谎言。在陌生的世界里体会明朗，尽管照片的背后可能隐藏着肮脏污秽。

移动的青春

5 年以来，M.O.K 到过法国、瑞士、泰国、意大利、希腊、日本、土耳其、埃及、美国、墨西哥、英国、加拿大等这些待了超过 15 天的国家，而一些短暂停留的地方她不认为自己曾经到过。每次出行前，M.O.K 不像很多心思缜密的姑娘一样，未雨绸缪地准备很多东西。更多的准备可能是心理上的，必须携带的物品除了相机，就是“真挚”。照片、信件、明信片，都是这种真挚的体现。“以前觉得花钱旅游，回来后什么也没有，同样的价钱，买个名牌的什么东西，还会一直跟着你，这种观点直到我第一次去日本后便被推翻了。我觉得女人一定要见得够多，才能够禁受住诱惑，才知道一条河流的深浅，才不会让自己的船被打翻。”

来到一个陌生的城市，M.O.K 会以随和的姿态融入当地，用不算太好的英语与当地人交谈。与陌生人交流总能让M.O.K找到旅途的乐趣。M.O.K可以在帕特雷往圣托里尼的游轮上，跟一个希腊老头用才学会的蹩脚意大利语指手画脚天花乱坠地聊一小时的天；在伊斯坦布尔的海边，M.O.K 看到陌生的情侣用相机自拍得吃力，也热心地走过去，拿着自己的相机帮他们留了影。“可惜的是，我没有留下他们的 E-mail。他们永远看不到那刻自己幸福的模样。”

“有些人不喜欢行走，这时候行走可能变得毫无意义。但对我来说，行走是记录我青春脚步的一个重要方式。”只有在别处的路途上，M.O.K 才会认为自己是健康向上的。吃健康的食物，呼吸新鲜的空气，早睡早起，远离电脑手机的高频辐射，摄取更多水分和营养，把自己打扮得更好看，并在陌生的环境里，对这世界还有好奇，还有探索，还能被一些细微的事物触动，沿途有新的发现，得到新的体验。

“我爸我妈那一代总是这样，怕。一个时代赋予了他们一些，也夺走一些，他们跌跌撞撞、提心吊胆地活大半辈子后，对一切得来都很珍惜，太过的珍惜也导致害怕失去。总是害怕。如果没有旅行，我不知道自己有多糟糕，也不知道自己有多幸福。旅行像我的人生导师，让我将生命看得更清楚。”

陌生是美的必要成分

踏过风雨飘摇，寻美的 M.O.K 一直在路上。远方未知的美好无时无刻不在召唤着这位渴求在陌生环境中得到更多的女子。M.O.K 很爱美，爱生活之美、爱生命之美。而这种美对于 M.O.K 来说，要有一定的神秘感和距离感。走过那么多国家，最令 M.O.K 留恋的是意大利，因为不熟悉、不了解。陌生，成了 M.O.K 寻美的方向和动力，一个不能丢弃的关键词。

“在陌生的地方你才会有好奇和探索的勇气。人和人之间也是这样。太熟悉的地方和人，总会让人觉得有那么些讨厌。”大学毕业后，M.O.K 曾做过广告文案策划，在杂志社当过记者及编辑，也担任过时尚顾问。这些在外人看来很可观的职业都没能把 M.O.K 留住。她认为，这些工作不能让她有更多的进步和发挥的空间，也不能让她平衡工作与旅行之间的关系，即使目前的工作也没让她找到这个平衡。“基本上上半年努力工作，下半年使劲放松。”

M.O.K 对目前的状态还是比较满意的，不过如果能更加自由、年轻就更好了。虽然喜欢旅行和摄影，但她从来没想过要当一名专职的摄影师。“摄影当成职业可能会耗尽我对摄影的热情和好奇，我希望自己永远是‘恰巧拍到了’，一些美好感受可能会因精心策划而消失，我不希望那样。” 如今，M.O.K 在一家外企任职，公司的同事们也鲜有人知道 M.O.K 是一位知名的摄影师。距离产生美，M.O.K 总是低调地保持这种神秘感，保护自己独特的个人追求。

陌生的反面不是熟悉。20 多年，M.O.K 还是不太懂那个朝夕相处的自己。“我不知道怎么形容我自己，我不太了解自己。”有时候写的东西俏皮可爱，不间断地还出现几个错字；有时候淡定深沉，引看官深思。有时会因为陌生人问的奇怪问题感到不耐烦，却又细心地完成手中五百多张明信片。曾因说话直率惹人生气，但在事后又会到微博上向大家征集不丢脸又有效的道歉方式。长得清秀，幽默起来，有点粗犷……身边不乏朋友和陌生人为她剖析性格，但在她看来，这些剖析都不太准确。“我优点很多，缺点更多。喜欢的人很喜欢，讨厌的人会很讨厌我。也许，我就是一个无法定义的人。我也希望是这样的。”

走过了许多陌生的土地，看过了无数陌生的人，或许作为记录者的她，也在不断更新自身的陌生成分。每一次出走都是一次改变，拾起在熟悉的环境里难以得到的体会，注入内心，形成新的变革。直到那时，美就在陌生与熟悉的更替中，成为不断运动的永恒。人生并不存在完美的状态，但是人总能在陌生中找到让他更进一步的力量。

后 记

出书的人越来越多，买书和看书的越来越少。感谢每一个购买和预订我的书的读者，我无意夸大和赞美你们的选择，但我相信这的确缘于你有一双发现美好的眼睛。

我是一个特别没有组织纪律性的人，懒散、拖拉，但总在另一些自己真正喜欢和需要的事情上，用尽自己的精力和时间去建筑、补偿。于是看起来，就好像是我乐此不疲地游走于忙碌与懒散之间，享受掌舵的乐趣。恰好无论是偷懒或努力着，我的内心都获得了一份深深的满足——因为我认为结果都很公平。

6 年或者更早以前，我是一个毫无用处的姑娘。我在大学念的是外语经济贸易，但和外国人几乎不能很好地交流和沟通，我对经济其实也没兴趣，毕业后做的工作也跟专业无关，也非自己热爱的，我像所有衣冠楚楚的年轻人一样朝九晚五，每天坐在办公室干与自己没有半毛钱关系的工作，处理文件，草拟领导讲话稿，接听很多不是找我的电话，传真排版加班复印年会资料。把 QQ 始终挂在电脑上，每个月最开心和有满足感的日子就是发工资那天，其他时候都是煎熬。

那些时候内心的虚空，肆无忌惮地占据了我青春年少最珍贵的好时光。对外面世界没什么太大的渴望和好奇，对阅读、时尚、活着的目的基本从未有过探究的需要。现在想来，那是极其可怕的：我不懂，也不知别人的世界是怎样的。我好像也不是不快乐的，但我的的确确是无用处的。我茫然，不知道自己的未来会怎样，我以为的美好世界半径难道就只有这么点？我有点儿焦急，但无能为力。

这也不是一个怎么特殊的励志故事，总之，往后的那几年，我在命运安排以及自己主动寻找选择下遇见了一些很好、可爱的人，他们带领我走进摄影、旅行的世界，让我觉得这个世界是温柔和美好的。

而今，时间又飞速过掉大半。2012 曾经是个遥不可及的年份，它在记忆中曾代表过结束、爆发、新生、恐惧和莫测，总之，它有着与其他更远未来到的年份所没有的特殊气味，它比它们带来更多的神秘、未解、暗示和期待。这并不完全因为玛雅人古老的传说和预言，也不是那部灾难片《2012》

的夸大。它真切地来到了。

我是说，过去我们共同经历地震、海啸、坍塌等天灾人祸，我很幸运能在这样一个年份真切完好地存在，并极其乐意与大家分享活着的快乐趣味以及平凡生命的珍贵意义。是的，当我看见父母的皱纹白发，当我填写履历年龄栏，当我穿越山谷河流然后安全地抵达，每一次，每一次我都感谢漫长岁月的眷顾——它给我一些，又不给我一些，甚至拿走一些，但最终不忘赐予生命的果实，让我走在人生的路上不至于轻飘飘，让我去尊重我所见到的其他和我一样平凡的生命。

在路上的那些时光，教会我不要害怕孤独，拍照片则教会我不要恐惧时间。生命那么短暂有限，我们所期待的和意外的惊喜收获只有在自己的脚迈出去后才会一件一件铺陈开来。这个世界有那么多我们无法控制的灰色和不堪，唯有自己的双脚和手臂是自由的。永远别忘记，我们拥有追逐的心和自由的生命。这不是不动产、8 位数的存折、稳定的工作、敞篷跑车、限量款爱马仕可以兑换的，是极其贵重的。我甚至，我甚至不屑再去跟谁阐述这些个道理了。每当感到活着的不易和珍贵时，我总想停下来回头去看看那些走过的美丽风景，我就只想拉上喜欢的人去订票、去候机、去期待、去寻找、去发现、去摘取，去让脚和心达成共识。

这本书我真想给它起名叫作“亲爱的旅程”，给亲爱的翻看它的你，或者别的一些什么更加温暖的字句。最后，编辑说，叫作“请把我留在最好的时光里”吧，说，这句话就像是为你写的。不善言辞的我最终同意了。所以，我真的很感谢看到这本书，能够翻开来看看里面字句和照片的你，谢谢你把它带回家、把我带到我们最好的时光里。

M.O.K 简介

广州人，现居上海。

左脸正直，右脸稍欠。

曾做广告文案、编辑记者、品牌时装顾问。

现为旅行摄影作家。

把青春与皱纹交给了日本、美国、法国、瑞士、希腊、意大利、埃及、英国、捷克、匈牙利、土耳其、墨西哥、加拿大、斯里兰卡……

人生信条：要么胡来，要么走开。

广东省摄影家协会艺术专业摄影委员会唯一女性摄影家。

《文艺风象》《花溪》等杂志文字图片专栏作者。

《最小说》《最映刻》2008、2009、2010、2011 年至今的特邀图片摄影师。

作品多元，为多本时尚杂志刊物拍摄专题与插图。

为日籍英国作家石黑一雄的小说《别让我走》《长日留痕》《上海孤儿》，以及《真相不白》《盛夏流光》《爱与不爱都是意外》等 10 余本国内外小说封面作者。

江一燕 2011 年“心中最美世界”慈善台历及环保袋设计作者。

获 POCO 摄影网站 2008 年度“视尚中国”广州区“突飞猛进”奖。

获 POCO 摄影网站 2010 年度“镜头狂欢节”全国“风尚达人”奖。

作品参加过的摄影展：

2009 年阳朔“我们的 2008”摄影展；

2010 年南京“走出”当代摄影家展（2010 年 4 月 24 日——5 月 2 日）。并出版同名摄影集。

其他活动：

2011 年 12 月广东邮轮旅游卫视《行摄天下》特邀评奖嘉宾。

2011 年 3、4、5 月河南卫视《拍客行动》特邀专家评审。

2012 年 5 月武汉大学大学生文化艺术协会周末艺苑 175 期：环球旅行摄影师 M.O.K 讲座——带着真挚去旅行。

广东省摄影家协会 2012 年度“大美广东”摄影大展特邀委员。

2012 年 6 月，拍摄 PAI 国际钯金协会 (Palladium Alliance International) 钯金《美丽收藏家 – 旅行者篇》宣传片，担任钯金 2012、2013 年度“旅行者系列”宣传片的主角、代言人。

2012 年 7 月，摄影作品受邀参展《周末画报》& 奥比斯 &APP【“What If Love is Blind”(如果爱情是盲目的) 巡回慈善摄影展】7 月上海汇德丰，8 月香港 IFC。参与摄影师包括夏永康，林炳存，米原康正，苏文郁，张悦。演绎主题“What If Love is Blind”。她的作品以单价 18000RMB 全价捐献给国际奥比斯，直接协助第三世界的眼疾人士重拾光明。

2004 年开始旅行摄影，从新疆西藏自驾拍摄，2006 年至今游走世界，拍下大量旅行照片、撰写游记文字。2008 年起自印 3000 张原创欧行摄影明信片从世界各地寄发给网路上向她索要明信片的陌生人。因此被称“交换瞳孔控”；因作品多拍摄世界各地的人像，又被称“世界表情捕捉控”。其照片以电影故事般的画面展现人物真实内心，色彩透出悠远神秘的气氛，每张照片似乎都在叙说一个属于路上的人才能看到的故事。

她的文字独特，她说，“站在街角处，不等任何人”、“要么胡来，要么走开”。无论是作品或性格，都散发着率性自我的随意，但又不是那么简单。有人说，她的作品不是表达冷感，而是距离下的感知。因为距离，定格的人和情就美了。那种美也许无法触碰，却让人多一些念想，从而更有力气观察世界。这是隐含设计的一种简约。和时尚冷感的区别应该就是这种东西——高贵的温暖。

也有人在她微博留言：“当我看到你拍摄的照片，仿佛可以看到你悉心描绘的世界。那是一个悬挂着请勿打扰的铭牌却又没有上锁的世界。我喜欢你无数次蓬勃出现又悄然离去的感受，轻而易举流露出孤独。你给我们记录荒凉世界展示了最好的方法。”对此 MOK 幽幽承认：“孤独是我向这个世界索取和给予的借口，我们都曾孤独，但不会寂寞。”如今这本作品集，正是她隐匿自己灵魂于书中而骄傲的表达。

尽管你的航程行了千万里，

再过千万里之外，仍是大海。

此书献给我那终日皱着眉头的父亲，

感谢他没有坚持要我成为一个对社会有贡献的人。